# 오늘도
# 너를
# 응원해

# 오늘도 너를 응원해

## 아이는 자라고 교사는 깊어지는 다정한 말들

**초 판 1쇄** 2024년 10월 2일

**지은이** 홍영주
**펴낸이** 류종렬

**펴낸곳** 미다스북스
**본부장** 임종익
**편집장** 이다경, 김가영
**디자인** 임인영, 윤가희
**책임진행** 이예나, 김요섭, 안채원

**등록** 2001년 3월 21일 제2001-000040호
**주소** 서울시 마포구 양화로 133 서교타워 711호
**전화** 02) 322-7802~3
**팩스** 02) 6007-1845
**블로그** http://blog.naver.com/midasbooks
**전자주소** midasbooks@hanmail.net
**페이스북** https://www.facebook.com/midasbooks425
**인스타그램** https://www.instagram.com/midasbooks



ISBN 979-11-6910-837-9 03810

값 18,500원

미다스북스

제2장

## 관계를 시작하는 말



제3장

## 갈등을 풀어주는 말

제4장

## 신뢰를 쌓는 말

◦ 책에 등장하는 인물들의 이름은 모두 가명입니다.

제5장

## 결실을 맺는 시간



## 마치는 글

# 나의 말이 당신의 마음에 닿기를

선생님 안녕하세요.

오늘 학교에서는 어떤 하루를 보내셨는지요? 선생님 바람대로 아이들과 즐겁고 행복한 시간을 보내셨나요? 아니면 과중한 업무와 힘든 아이들로 지치고 고된 하루였나요? 예상치 못한 민원에 콩닥거리는 가슴을 진정시켜야 했던 건 아니었는지요? 혹은 스쳐 가는 동료 교사의 말 한마디에 상처받고 혼자서 고민하는 시간을 보내진 않았는지요?

우리는 하루 대부분을 학교에서 보내고 있습니다. 덧없이 녹아 사라지는 사소한 일상이 곧 우리의 실재라면 학교에서의 일상이 곧 우리의 실재이자 인생이겠지요. 선생님이 학교에서 보내는 하루가 행복하기를 바라는 이유입니다.

발령 첫해 저를 포함한 신규 세 명이 같은 학년에 배정되었습니다. 6학급이었으니 절반이 신규였지요. 선배 선생님들께 배워야 할 것들이 참 많았습니다. 어느 날 선배 선생님께서 다른 동료 교사와 대화 중에 하는 말을 우연히 듣게 되었습니다.

"우리 학년에 신규가 세 명이나 있어. 미치겠어."

자세한 상황은 잘 기억나지 않지만 얼굴이 화끈거리고 어찌할 바를 몰랐지요. 내가 누군가에게 민폐가 되고 있다는 것을 처음으로 알게 되었기 때문이었습니다. 오랜 시간이 지났는데도 기억에 남아 있는 걸 보면 말은 대단한 힘을 갖고 있나 봅니다.

지금은 어설프고 서툴렀던 첫해의 제 모습을 떠올리면 주변 선생님들이 얼마나 힘드셨을지 충분히 이해되고도 남지요. 옆 교실은 아랑곳하지도 않고 저와 반 아이들은 소음을 많이도 만들어냈지요. 우리 반 아이가 운동장에서 다리 다친 비둘기를 주워 와 교실에서 키운 일이 있었는데, 밤에 비둘기가 교실에서 날게 되어 학교에 세콤이 작동한 적도 있습니다. 교무실에 불려 가는 학생처럼 다음 날 교장실로 불려 갔던 기억이 나네요. 지금 생각해 보면 우리 반 아이들만 즐겁고 행복하면 된다는 어린 마음으로 주변에 대한 배려가 부족했던 것 같아요.

시간이 흘러 이제는 제가 선배 교사가 되어갑니다. 학교에 첫발을 내딛는 선생님들을 만날 때면 신규 때 제 모습이 떠올라 조금 더 조심스러워지기도 합니다. 무심코 한 말이 '라떼는 말이야.'가 되어 꼰대 같은 말로 느껴지진 않을까. 혹은 의도하진 않았지만 내가 한 말이 상대에게는 상처가 될 수도 있다는 생각에서입니다. 조심한다 해도 한순간 방심하면 곧 후회하게 되는 것이 말인 듯합니다.

말에 대한 글을 쓰며 말의 어원이 궁금해졌습니다. 훈민정음이 창제되면서 말이란 어휘를 '말'로 기록하였다고 하니 글자가 만들어지기 이전부터 말이란 어휘가 쓰였을 것이라고 해요. 말의 어원은 아기가 자라면서 처음 입을 열어 엄마를 부를 때 나오는 소리를 말이라고 하였을 것이라고 합니다. 아기가 처음으로 입을 열 때 나오는 소리는 'ㅁ(입술을 열기 전 입안에서 만들어진 소리)+마(입술을 열었을 때 나오는 소리)+아(마 다음에 이어지는 울림소리)' 즉 'ㅁ+마+아'라고 볼 수 있는데 '마+아'가 '마+ㄹ'을 거쳐 '말'이 되었다고 합니다.

말의 어원이 아기가 엄마를 향해 처음으로 부르는 소리라는 사실은 말이 전하는 티 없이 맑고 순수한 뜻이 무엇이어야 할까를 생각하게 합니다. 말은 나와 당신의 마음을 연결해 주고 세상을 밝힐 뿐만 아니라 우리의 됨됨이도 바로 이 말을 통해 만들어지지요. 그래서 말을 배우고 익히는 것은 의사소통의 수단을 넘어 우리의 정체성을 형성하는 과정이 아닐까 합니다.

아이들에게 말과 글을 가르치며 아이들에게 들려주는 말에 대해 생각해보는 시간이 많았습니다. 어떤 말을 들려주어야 나와 아이들의 마음이 연결될 수 있을까. 어떻게 들려주어야 아이들이 반짝이며 자라날 수 있을까. 긴 시간 저의 이런 고민과 바람은 머리와 가슴에서 메모로 때론 일기장으로 옮겨졌습니다. 그리고 이제 저처럼 아이들에게 들려줄 말에 대해 고민하는 분들에게 작은 도움이 되길 바라는 마음으로 이 책을 쓰게 되었습니다.

교육은 말로 이루어진다 해도 과언이 아니지요. 그래서 선생님에게 말은 더 특별한 의미를 갖게 될 테고요. 같은 내용의 말이라도 어떤 형태로 전달되느냐에 따라 전혀 다른 결과를 낳게 되는 상황을 교실에서 매일 마주했습니다. 이 책에 그동안 말과 관련하여 겪었던 수많은 시행착오의 과정을 서툰 문장으로 적어 보았습니다. 그리고 저의 경험을 통하여 선생님께서 고민하시는 부분에 조금이라도 도움이 되었으면 하는 바람으로 용기를 내어 책을 출간하게 되었습니다. 인생에 정답이 없듯 생각과 글에도 정답이 없겠지요. 다만 학교에서 비슷한 하루를 보내는 우리이기에 공통된 주제로 저와 대화 나누는 시간이 될 수 있을 거라는 희망을 품어 봅니다.

교실에서 보내는 하루가 쌓여 1년이 되고 우리 안에는 시간이 빚어낸 나이테가 하나씩 늘어가겠지요. 춥고 메마른 겨울이 만든 짙은 나이테든 따스하고 촉촉한 여름을 보내며 생긴 연한 것이든 모두 하나의 동심원의 띠를 그린다는 것을 기억하려 합니다. 그리고 아이들에게 전한 사랑의 말과 아름다운 추억이 담긴 시간의 결을 느끼고 함께 공유할 수 있기를 꿈꿔봅니다.

동시대를 살아가는 우리들의 아픔과 소소한 일상의 경험을 글로 나누고 싶었습니다. 거친 저의 문장이 어쩌면 오늘 혼자 외롭게 지냈을 선생님에게 조그마한 위로가 되었으면 합니다. 뜻하지 않은 어려운 상황을 만나 갈피를 잡지 못할 때 문득, 읽었던 문장 하나가 툭 하고 떠올라 당신의 마음에 위안이 된다면 더 이상 바랄 것이 없겠지요. 성장을 꿈꾸며 고군분투하고 있을 선생님에게는 작은 격려가 되었으면 하는 소망도 가져봅니다. 하나의 검은 점이 되어 모였던 그날처럼 우리는 이미 연결되어 있습니다. 진심을 담아 보내는 저의 응원이 선생님에게 닿을 수 있기를 바랍니다.

선생님은 지금도 충분히 잘하고 있으세요.

당신의 행복을 기원하며

홍영주

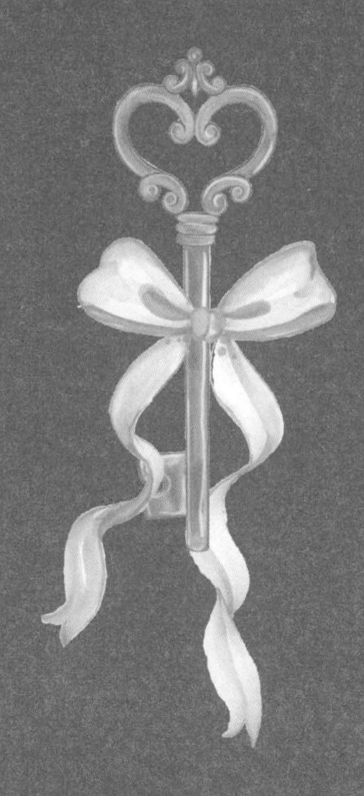

제1장

# 말 한마디로 바뀌는 교실

## 똑똑,
## 마음을 두드리는 말

눈을 떴다.

목에 이물감이 느껴진다. 침을 삼키니 목이 따끔거린다. "아~" 입을 벌리고 소리를 내어 본다. 들려오는 건 쉰 소리뿐 목소리가 들리지 않는다. 벌떡 일어났다. 침대에 걸터앉아 다시 소리를 내보았지만 여전하다. 겁이 났다. "왜 이러지? 목소리가 왜 안 나오지?" 공기 중에 쉰 소리만 울려 퍼진다. 학교는 어쩌나. 도저히 수업은 못 할 것 같았다. 교감 선생님께 연락드리고 학교 대신 이비인후과에 갔다. 의사 선생님은 그동안 목을 무리하게 써서 그런 거라며 당분간 말하면 안 된다고 했다. 말을 안 하면 어떻게 가르치나.

46명. 내가 맡은 1학년 아이들은 마흔여섯 명이다. 분반되기 직전인데 아직 전학생이 없다. 1학년 아이들의 별명은 외계인이다. 아직 지구라는 행성이 낯설고 배울 것이 많아서다. 외계인들에게 지구 생활을 알려주려니 가르칠 것이 많다. 말도 많이 해야 한다. 마흔여섯 명에게 마흔여섯 번 말해야 한다. 녹음기라도 틀어 놓고 싶은 심정이다. 교실 바닥에서 누워 있는 아이, 의자 위로 올라가는 아이, 책상 아래로 들어가는 아이 등 일단 의자에 앉히는 것이 일이다. 수업 중엔 수십 명의 아이가 앞으로 우르르 몰려나온다. 머리 묶어달라고 나오는 아이, 다쳤다고 나오는 아이, 화장실 가고 싶다고 나오는 아이, 잘 안된다고 나오는 아이 등 저마다의 이유가 있다. 손을 들고 말하자는 약속을 매번 해도 소용이 없다. 한 명씩 상대하다 보면 목은 늘 쉬어 있다. 46:1이 버겁다.

급기야 어제는 인내심의 한계에 다다랐다. 쉬는 시간이 끝나고 아이들을 다시 자리에 앉히려는데 도통 말을 듣지 않았다. 나도 모르게 소리를 질렀다. "자리에 앉아!" 아이들이 놀라 나를 쳐다보고 하나둘 자리에 앉기 시작했다. 선생님이 갑자기 왜 그러나 하는 표정이었다. 무서운 말투로 아이들에게 훈계를 늘어놓았다. 교실에서는 이렇게 해야 하고 수업 중에는 바른 자세로 앉아 있어야 한다는 등의 잔소리를 시작했다. 처음에 아이들은 내 말을 잘 듣는 것 같았지만 금세 꼼지락거렸다. 이제는 한 명씩 호명하며 말했다. 수업 시간에는 선생님을 봐야 한다, 장난치면 안 된다, 바르게 앉아야 한다는 등의 1:1 맞춤형 잔소리를 했다. 그때였다.

"선생님 싫어요! 집에 가고 싶어요!"

맨 앞자리에 앉아 있던 수호가 큰 목소리로 말하자 교실이 술렁이기 시작했다.

출근을 안 하니 몸과 마음이 편했다. 계속 쉬고 싶었다. 학교에 가지 않고 쉬면 좋겠다 싶었다. 한편으론 아이들이 궁금했다. 내가 없는 하루 동안 아이들은 어떻게 하고 있을까. 우리 반에 누가 왔을까. 아이들은 내 생각이나 할까. 어제 아이들을 혼낸 것이 영 마음이 불편했다. 아이들도 놀랐고 나도 목소리를 잃어버린 인어공주 신세가 되었다. 계속 쉬고 싶지만 언젠가는 다시 출근해야 한다. 그렇다면 최대한 빨리 다시 출근하는 것이 좋겠다 싶었다. 하지만 목소리는 어쩌지.

다음 날 출근을 강행했다. 교실 안은 여전히 소란스러웠다. 하지만 아무리 시끄러워도 말을 하지 않았다. 아니 할 수가 없었다. 그냥 조용히 서 있는 나를 아이들은 궁금한 눈으로 바라보았다. 아이들의 질문에 대답하지 않았다. 하고 싶어도 할 수 없었다. 무언가 이상한 낌새를 느낀 아이들이 가만히 나를 바라보기 시작했다. 아이들 절반 정도가 나를 바라보는 시선을 확인하고 칠판에 판서했다. '선생님이 목이 아파요. 그래서 말을 못 해요.' 몇몇 아이들이 칠판의 글씨를 한 글자씩 소리 내어 읽어갔다. 여느 때보다 집중한 아이들의 시선을 느꼈다. 이상했다. 내가 말을 안 하고 글로만 썼는데도 아이들이 집중한다니. 그동안 내가 뭘 한 거지?

이틀 정도 아이들과 말없이 지냈다. 가능했다. 신기한 경험이었다. 판서와 몸짓과 수신호로 소통했다. 내가 조용해지니 아이들도 왠지 더 차분해진 것 같았다. 아이들은 나의 판서와 표정, 수신호에 집중했다. 말없이 소통하는 동안 지금까지 아이들에게 쏟아낸 말에 대해 곰곰이 되짚어 보았다. 대부분이 지시하고 통제하는 말뿐이었다. 나조차 감당 안 되는 큰 목소리로 했던 말들이 그런 말이었다니 씁쓸했다. 그리고 오히려 비언어적인 기호가 아이들에게 영향력이 크다는 사실도 깨달았다.

나는 왜 그렇게 아이들에게 잔소리하고 다그쳤을까. 첫 마음으로 돌아가 봤다. 아이들을 잘 가르치고 싶었다. 좋은 선생님이 되고 싶었다. 그 귀한 마음은 잊은 채 나조차 소홀히 대한 결과 목소리도 잃고 아이들의 마음도 잃었다. 목소리를 되찾고 나니 아이들의 마음도 되찾고 싶었다. 이제는 아이들에게 긍정의 말과 칭찬만 하리라 다짐했다.

목소리가 돌아오고 나는 달라졌다. 아이들의 칭찬거리만 찾기 시작했다. 잘하는 것이 보이는 대로 강화했다. 다른 아이들이 아무리 꼼지락거려도 의자에 바르게 앉아 있는 아이만 보고 과장해서 칭찬했다. 칭찬받은 아이는 좋아했다. 더 잘하려고 했다. 친구가 칭찬받는 모습을 보고 꼼지락거리던 아이들도 하나둘씩 따라 앉았다. 그러자 많은 아이가 바른 자세로 앉게 되었다. 신기했다. 칭찬의 효과는 놀라웠다.

이제는 의도적으로 칭찬했다. 나를 보고 내 말에 귀 기울이도록 하고 싶으면 아이 한 명을 골라 원하는 모습을 말하며 강화했다. 그러면 즉각 아이들의 변하는 태도를 확인할 수 있었다. 내가 원하는 아이들의 모습과 교실의 분위기를 칭찬으로 만들어갔다. 하지만 의도적으로 칭찬하는 내 마음을 아이들은 곧 알아차렸다. 수업 시간에 열심히 그림을 그리던 한 아이를 보며 말했다.

"와~ 그림을 열심히 참 잘 그리네요. 색칠도 아주 꼼꼼히 잘하고 있어요."

"선생님 마음은 그렇지 않잖아요."

얼굴이 화끈거렸다. 아이들은 내 마음을 읽고 있었다. 겉으로만 하는 칭찬임을 아이들은 알고 있었다. 칭찬이 통제 수단이 되니 가까워지려던 아이들의 마음이 다시 멀어지는 것 같았다. 또 한 번 반성했다. 이제는 진심으로 아이들을 위한 말을 해주고 싶어졌다. 아이들의 마음을 알아주는 좋은 선생님이 되고 싶었다.

다시 잘해보고 싶었다. 반복하던 잔소리를 줄였다. 잔소리를 손기호, 판서, 발표 약속, 노래 등으로 바꾸었다. 그리고 최대한 긍정의 말에 마음을 담았다. 아이들의 마음을 읽어주고 공감해주려고 노력했다. 마흔여섯의 마음을 한 번에 얻을 수는 없겠지만 한 명의 마음이라도 얻고 싶었다. 그러자 통제의 대상으로 여겨지던 아이들이 한 명의 아이로 온전히 느껴지기 시작했다. 내 마음이 바뀌자 나의 말이 변화했다. 내가 하는 말이 달라지자 아이들과 주고받는 말이 바뀌어 갔다.

말은 마음에서 나온다. 마음에서 나온 말만이 아이들의 마음으로 들어간다. 영혼 없는 칭찬의 공허함은 아무리 어린아이일지라도 금세 알아차린다. 한 인격체로서 존중받고 있는지 아닌지는 아이들도 직감한다. 이제는 내 말이 거칠어졌거나 통제 수단으로 전락한 느낌이 들 때는 한 번쯤 생각해본다. 내가 마음의 여유를 잃고 있는 것은 아닌지. 살아있는 말의 힘을 잊어버린 것은 아닌지. 목소리를 잃고 말의 중요함을 경험한 후 말을 대하는 마음도 아이들을 향한 마음도 조금씩 달라졌다. 달라진 마음으로 아이들 마음의 문을 두드리기 시작했다.

# 꿈은 이루는 것이 아니야

초등학교 때부터 선생님이 좋았다. 교단 위에 서 있는 선생님 모습이 그냥 좋았다. 무엇이 좋았을까? 성별과 나이에 상관없이 우리 반 선생님이라는 사실만으로 좋았다. 선생님 말씀이면 무엇이든 믿고 따랐다. 선생님들을 보며 나도 선생님의 꿈을 키웠다. 1학년부터 6학년까지 담임 선생님들을 어렴풋하지만 생생하게 기억한다. 선생님의 성함을 모두 기억하진 못하지만 몇 가지 장면은 어제 본 영화처럼 기억 속에 선명하게 남아 있다. 선생님의 어떤 말들은 당시의 상황, 목소리, 말투, 표정까지도 또렷하다.

초등학교 3학년 때 일이다. 담임 선생님은 결혼한 지 얼마 되지 않은 젊은 여선생님이었다. 지금 생각해 보면 선생님이 나를 유난히 신뢰하셨던 것 같다. 선생님 심부름은 거의 다 내가 했다. 방과 후에도 종종 교실에 남아 선생님의 일을 돕곤 했다. 하루는 은행 심부름을 하러 갔다. 선생님이 입출금 신청 용지를 끼운 통장을 주셨다. 종종 하던 일이었다.

신발 가방 앞주머니에 통장을 넣고 학교 근처 농협으로 갔다. 직원에게 통장을 건네주었다. 통장을 건네받은 직원은 신청 용지를 확인하더니 현금을 세어서 통장에 끼우고는 나에게 내밀었다. 현금이 끼워진 통장을 신발 가방 앞주머니에 넣고 농협을 나와 다시 학교로 향했다.

통장 안에는 만 원짜리 지폐가 꽤 두툼하게 끼워져 있었다. 지금 기억으론 오십만 원 정도 되었던 것 같다. 신발 가방을 들고 비탈길을 오르던 중이었다. 무엇에 걸렸는지 넘어지면서 그만 신발 가방을 떨어뜨렸다. 가방 안에 있던 통장과 돈이 공중으로 떨어지며 순식간에 골목 바닥에 수십 장의 지폐가 흩어졌다. 눈앞에서 공중으로 흩날리던 푸른색 만 원권 지폐들이 아직도 생생하다. 어쩔 줄 몰라 하고 있는데 주변에 있던 어른 몇 명이 다가왔다. 사람들이 돈을 주워 갈까 봐 무서웠다. 하지만 예상과 달리 만 원짜리 지폐를 한 장씩 주워 묶음을 만들어 주면서 조심히 갖고 가라며 내 손에 꼭 쥐여주었다. 얼떨떨했고 고마웠다.

학교로 돌아가는 길에는 누가 쫓아올까 봐 가슴이 콩닥거렸다. 교실까지 어떻게 갔는지 잘 기억도 나지 않는다. 하지만 무사히 도착해서 선생님께 통장을 전한 것은 기억한다. 돌아오는 길에 있었던 일을 선생님께 얘기하지는 못했다. 부끄러워서였을까. 미안해서였을까. 초등학교 시절 잊을 수 없는 추억이다. 당시 선생님은 나의 무엇을 믿고 심부름을 보냈던 걸까. 선생님이 된 지금은 상상도 할 수 없는 심부름이지만 그때는 선생님의 심부름이면 뭐든 좋았다. 심부름할 때면 내가 특별한 학생이 된 느낌이 들었다.

고3 때 담임 선생님은 지금도 내가 선생님으로서 갖추고 싶은 모든 면을 갖춘 분이었다. 수험생이던 우리를 위해 선생님은 매일 새벽 기도를 해주셨다. 조례할 때마다 『좋은 생각』 책자의 한 페이지를 읽어주셨다. 가정 교과 담당이었는데도 매일 영어 단어 시험과 수학 문제 풀이를 하도록 챙겨주셨다. 급훈이던 '사랑의 실천'을 몸소 실천하시던 모습이 아직도 눈에 선하다. 우리를 바라보던 눈빛과 표정과 말투는 항상 따사롭고 자애로웠다. 지금 내가 아이들을 바라보는 눈빛이 그때 선생님께 받은 눈빛을 조금은 닮아 있었으면 좋겠다.

고등학교를 졸업하고 교대에 들어간 후에는 초등학교 1학년이었던 선생님의 딸에게 과외를 했다. 과외 주요 과목은 지금 초등 교과인 창의적 체험 활동이었다. 선생님 딸과 주말이면 다양한 체험을 했다. 선생님은 내게 초등학생 가르치는 경험을 해보라며 무엇이든 좋으니 다양하게 해보라고 하셨다. 그 당시에는 몰랐지만 지금 생각해 보면 제자를 위한 쉽지 않은 대단한 배려였음을 이제는 알겠다. 내가 선생님이었다면 아무리 제자라도 교대에 갓 입학한 학생에게 그런 기회를 줄 수 있었을까. 덕분에 주말이면 다양한 문화 체험을 할 수 있었다. 좋은 공연도 보고 전시회도 다녔다. 책도 함께 읽고 수학 연산도 가르쳤다. 초등학생을 가르치는 경험을 처음으로 해볼 수 있었다. 첫 교생 실습이었다.



교대 졸업 후 처음으로 발령받은 학교에서 만난 아이들은 5학년 아이들이었다. 3월 2일 개학식 날 꽃샘추위로 찬바람이 불던 운동장에 내가 맡을 반 아이들이 줄 맞추어 서 있었다. 추위에 떨며 호기심 어린 눈빛으로 나를 바라보던 아이들의 얼굴이 아직도 생생하다. 아이들이 참으로 작았다. 이렇게 조그마한 아이들과 지내게 되었구나! 초등교사가 되었음이 실감 났다.

어른이 아닌 어린이들을 가르치는 일을 하게 되었음을 눈으로 확인했던 교직 첫날 아침의 느낌은 초등학교 시절의 생생한 장면 중 하나처럼 또렷하다. 실습 때 잠시 만나는 아이들이 아니라 1년을 매일 볼 아이들이라 생각하니 기분이 이상했다. 첫해 우리 반 애칭은 블랙홀이었다. 아이들에 대한 내 마음은 뜨거웠다. 모둠 활동 보상이 선생님과의 주말 데이트였다. 공원에서 인라인스케이트 타기, 고궁 나들이, 월드컵 응원전 가기 등으로 아이들과 주말을 보냈다. 교수 기량은 서투르지만 열정만큼은 불타올랐다.

그해 만났던 제자 중 한 명이 지금 초등학교 교사가 되었다. 그 제자는 고등학교 3학년 때 나에게 교대 입학 진로를 상담해 왔다. 당시 근무하던 학교의 교감 선생님께도 조언을 구했다. 제자의 진로 결정에 영향을 주었다는 사실이 뿌듯하기도 했지만 그만큼 어깨도 무거웠다. 교사가 된 제자에게 내가 붙여준 별명은 청어람이다. 교직 첫해부터 뮤지컬 교육이라는 분야를 개척해서 예술 교육에 매진하고 있다. 생각만 해도 그 제자가 5학년 때 노래를 즐겨 부르던 모습이 떠오르며 흐뭇해진다. 어렵고 힘든 아이들 곁으로 가고 싶다고 말하는 제자를 보면 청어람이란 말을 할 수밖에 없다. 그리고 나도 더 좋은 교사가 되고 싶어진다.

내가 선생님들에게 받은 기대와 신뢰는 내가 성장하는데 밑거름이 되었다. 초등학교 시절의 꿈을 키워 초등교사가 되었다. 그리고 선생님들께 받은 사랑은 교직 생활을 해나가는 데 근간이 되고 있다. 지금 내가 아이들을 바라보는 눈빛과 표정 그리고 아이들에게 하는 말에는 그동안 내가 만났던 선생님들의 가르침이 녹아 있다. 초등학교 1학년 때 방과 후에 남아서 수학 공부를 가르쳐주시던 할아버지 선생님의 인자한 얼굴, 받아쓰기 시험 문제를 불러 주시던 2학년 때 선생님의 목소리, 반 아이들의 왕따 문제를 엄격하게 꾸짖으시던 6학년 때 선생님의 표정이 나에게 남아 있다.

그리고 지금 내 모습은 또다시 내가 가르치는 아이들에게 기억될 것이다. 어쩌면 내 모습과 내가 한 말은 아이들의 마음속에 오랫동안 남아 삶에 큰 영향을 줄지도 모른다. 만약 그렇다면 아이들의 삶에 좋은 영향을 주고 싶다. 내가 만난 아이들이 자라서 어른이 되었을 때 내가 했던 좋은 말과 따스한 눈빛이 문득 떠오르는 날이 있다면 좋겠다. 교사라는 꿈을 이루었지만 좋은 선생님이 되고 싶은 꿈은 아직 끝나지 않았다.

꿈은 이루는 것만이 아니라 지속하는 것이다. 흔히 꿈은 미래에 대한 목표나 직업이라 여겨진다. 하지만 내가 원하는 목표를 이루고 원하는 직업을 얻고 난 후에는 무엇이 기다리고 있을까. 꿈을 이루기 전과 똑같은 하루가 계속될 뿐이다. 어찌 보면 꿈을 이룬 다음부터가 새로운 시작이다. 꿈이 자라고 무르익어가도록 가꾸는 것이야말로 진정한 꿈의 실현이 아닐까.

# 죽어가는 교실

각자도생(各自圖生).

각각 스스로 살기를 꾀한다. 이 말은 임진왜란 때 백성들에게 각자 살 길을 도모하게 했다고 조선왕조실록에 처음으로 등장한 말이다. 언제부터인가 교사들 사이에서는 각자도생이란 말이 유행어처럼 심심치 않게 오르내리곤 한다. 이는 교실에서 일어나는 모든 일이 오롯이 교사 혼자의 몫이 되어버린 현실을 꼬집는 말이다.

서로를 챙겨줄 여력은 없다. 학교는 더 이상 교사들이 마음 놓고 교육활동을 할 수 있는 안전한 울타리가 되어주지 못한다. 교실이라는 최전방에서 맨몸으로 서 있어야 한다. 진심을 담은 말보다 안전한 말이 무엇인지를 먼저 생각해야 한다. 교사의 말이 생기를 잃고 있다. 언제부터 무엇 때문에 교사의 말이 힘을 잃게 되었을까.

첫 번째 원인은 교사를 위한 법적 안전망의 부재다. 서현이 사건으로 알려진 울산 아동학대 살해 사건이 2013년에 있었다. 8살 의붓딸을 지속해서 학대하여 사망에 이르게 한 사건으로 이를 계기로 2014년 아동학대 처벌법을 제정한다. 누구든지 아동학대 정황을 알게 될 경우, 수사기관에 신고해야 할 의무를 신설하고 아동복지 시설 종사자에 대해서 가중 처벌한다는 내용이다. 그 후 2020년 정인이 사건을 계기로 아동복지법을 강화했다. 이 사건은 입양한 8개월 된 딸을 장기간 학대하여 16개월의 어린 나이에 사망하게 한 사건이다.

강화된 아동복지법 17조 5호에는 아동의 정신 건강 및 발달에 해를 끼치는 정서적 학대 행위가 금지돼 있다. 하지만 정서적 학대 행위의 범위가 모호해 정당한 학생 지도까지 학대로 취급받게 하는 사례가 발생하고 있다. 실제로 아동학대로 신고된 초중등 교원의 수는 2020년 136명, 2021년 449명, 2022년 634명으로 급격히 늘어난다. 하지만 실제 징계를 받은 교원은 2020년 73명, 2021년 75명, 2022년 100명으로 실제 유죄가 인정되지 않는 경우도 상당히 많다.[1]

교사가 아동학대로 일단 신고받으면 업무 배제 등과 같은 불이익을 먼저 받고 추후 처벌이나 무혐의 판정을 받게 된다. 교사들은 신고만으로도 수사나 재판 결과가 나올 때까지 수년간 시달리게 되는 구조다. 소위 저승사자 법이라고 불리는 개정된 아동복지법 아래에서 교사들은 자

1 <파이낸셜뉴스>, 2023.09.12.

유로울 수 없다. 스스로 말을 검열하고 행동을 제약할 수밖에 없다. 교사의 정당한 교육활동도 자녀에게 불이익이 우려되면 아동학대 혐의로 신고당하는 현실이다.

두 번째는 시대 변화에 따른 학교 붕괴이다. 국가 중심의 공교육 체계에 따른 학교가 생긴 것은 근대 국가의 산업화 형성 과정에서 질 높은 노동력으로 의무를 다할 국민을 양성하기 위함이었다. 또한 핵가족화로 인해 전통 가족 안에서 이루어지던 생활 교육은 학교라는 틀이 담당하게 하였다. 하지만 시대가 변하면서 학습과 공부는 이미 다른 통로에서 가능해졌다. 더 이상 학습의 장을 학교가 독점할 수 없다.

이제 교사는 대표적인 지식인이 아니다. 학교는 지역사회 지식의 중심 센터가 아니다. 오히려 첨단의 지식은 이미 학교 밖에 있게 된 지 오래다. 세상은 크게 변하고 있는데 여전히 학교는 그 변화를 따라가지 못하고 있다. 예측 불가능한 미래를 살아갈 아이들에게 아직도 과거의 낡은 방식으로 가르치고 있다. 교사의 잘못이 아니다. 이렇게 학교의 역할과 기능이 시대 흐름을 반영하지 못하기 때문에 오는 진통은 상당하다.

학습 중심의 장으로서 기능이 점점 사라지는 최전방인 교실에서 교사는 변화를 겪어내야 하고 주도해야 한다. 코로나로 인한 온라인 교육도 학교 밖 교육의 가능성과 중요성을 확인시켜 주었다. 학교에 가지 않아도 수많은 교육 콘텐츠에 접근할 수 있는 상황에서 학교는 어떤 역할을 해야 할까. 교사는 무엇을 가르쳐야 할까.



이미 학교는, 특히 초등학교는 그 대안으로 양육과 돌봄의 기능을 강화하고 있다. 2024년부터 전국으로 확대된 늘봄 학교가 그 대표적인 사례이다. 늘 봄처럼 따뜻하게 아이들을 돌봐주며 교육과 돌봄을 제공해준다는 방과 후 프로그램이다. 그중 아침부터 저녁까지 돌봄 서비스를 제공하는 것이 가장 중요한 내용으로 꼽힌다. 공교육의 한계와 사회 변화에 따른 학교 기능의 변화로 교실은 진통을 겪고 있고 그 몫은 고스란히 교사가 떠맡게 되었다.

세 번째는 교사가 교육에 전념하기 힘든 학교 업무 시스템이다. 새로운 변화를 따라가기 바쁜 학교는 기존의 틀도 쉽게 버리지 못한다. 에듀테크(Edu Tech)는 교육(Education)과 기술(Technology)의 합성어로 정보통신기술을 교육에 결합한 산업을 말한다. 디지털 혁명과 코로나로 가속화된 에듀테크를 학교 업무 시스템에서 받아들였지만, 관행처럼 해오던 기존 업무는 대부분 그대로 남아 있다. 따라서 교사의 업무는 과중될 수밖에 없다. 교사들은 1인 다(多) 역할을 유능하게 해내야만 능력 있는 교사로 인정받는다. 학교 안전 및 폭력 예방 교육, 생활지도, 각종 공문 처리, 해마다 이수해야 하는 법정 연수의 증가, 혁신 학교 운영과 평가 등의 업무량은 헤아리기 어렵다. 마치 이런 업무가 교사의 고유한 업무인

양 당연히 인식되고 있다. 이렇게 교사들은 수업과 평가, 상담과 생활지도 등의 교사 본연의 업무 이외에 추가된 업무에 치여서 과중한 부담을 안고 있다.

그래서 매년 초에는 보직 교사를 피하는 현상이 해가 거듭될수록 증가하고 있다. 반면 학교 밖에서는 교사가 격무에 시달리고 있는 것을 모르는 경우가 허다하다. 이런 상황에 돌봄 기능까지 강화된다면 교사의 업무는 가중될 수밖에 없다. 강사 채용, 급여 지급, 프로그램 운영, 출결 관리 등이 교사 업무가 될 것임은 기존의 방과 후 업무 사례를 보면 알 수 있다.

이런 학교 환경에서 교사는 교육활동에 전념하지 못한다. 아이들을 가르치는 데에 온전히 에너지를 쏟을 수가 없다. 공교육의 틀 안에서 그저 안전하게 학교에 왔다가 사고 없이 하루를 보내고 집으로 돌아가는 것에 만족해야 한다.

말은 마음을 투영한다. 격변하는 사회 속 과중한 업무에 시달리고 보호 장치도 없는 교실에 홀로 서 있을 선생님들을 떠올리면 마음이 시려온다. 교사는 말로 사람을 살리는 사람인데, 과연 그 마음에서 나온 말이 아이들을 살려낼 수 있을까. 아이들 마음에 좋은 씨앗을 심어줄 수 있을까. 안정된 학교 시스템과 안전한 법적 울타리가 갖추어진 환경에서 교육활동을 마음껏 펼칠 수 있는 날을 기대해 본다. 교사의 말에 생기가 돌고 다시 살아날 교실을 그려본다. 변화의 속도조차 가늠하기 힘든 현실이라 해도 변화의 방향은 더 좋은 세상으로 나아가고 있다고 믿고 싶다. 아이들과 함께 좋은 세상을 열어가는 선생님들의 모습을 꿈꿔본다.

# 학교를 떠나는 교사들

교직은 더 이상 종신직이 아니다. 교육부 통계에 따르면 전국 국공립 교사 중 퇴직 교사의 현황자료를 보면 2017년에는 8,367명, 2019년에는 1,035명, 2021년에는 1,057명으로 5년간 47,936명이 사직했다. 그중 5년 이하의 교사가 퇴직한 사례는 303명에서 589명으로 두 배 이상 늘었다.

한국교육개발원의 「초중고등학교 교사들의 교직 이탈 의도와 명예 퇴직자 증감 추이」 보고서[2]에 따르면 2005년에는 명예퇴직자 수가 879명이었지만 2021년 6,594명으로 7.5배 정도 늘었다고 한다. 특히 초등학교 교사 명예퇴직자 수는 2018년부터 정년 퇴직자 수를 넘어 2020년에는 2.4배로 급증했다. 최근 5년 사이 교권 침해로 인해 정신과 치료 또는 상담을 받은 적이 있는 교사는 26.6%, 교육활동 중 아동학대로 신고당한 경험이 있는 교사도 5.7%로 집계됐다. 법령에는 정상적인 직무수행이 현저하게 어려운 자를 직위해제한다고 되어 있지만 아동학대로 신

2 『교육 정책 포럼』 통권 359호, 2023

고를 당하면 바로 직위해제다. 무고당하면 교실을 떠나야 하는 현실이다. 이렇게 해를 거듭할수록 교사들은 학교를 떠나고 있다.



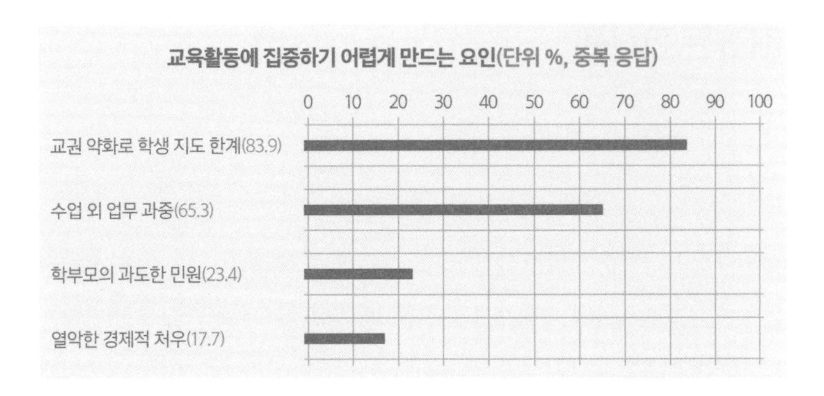


위 도표는 한 설문조사[3]에 따른 결과이다. 이 조사는 학생의 문제 행동에 교사가 제지할 방법이 없고 적극적으로 지도했다가 악성 민원에 시달리고 아동학대로 신고만 당하는 무기력한 교권이 교사들의 자존감을 무너뜨리고 있는 현실을 보여준다. 그리고 비본질적이고 과도한 행정업무, 실질 임금의 삭감, 공무원 연금 개편 논란까지 겹치며 이제 교직은 극한 직업으로 전락했다고 진단했다.

교육부에서는 학교 교육 활동을 적극적으로 보호하기 위해 교원의 정당한 생활지도에 불응해 의도적으로 교육활동을 방해하는 행위를 교육

3 한국 교원단체, <세계일보> (2023.07.05.~ 07.08.)

활동 침해 행위로 규정한다는 개정안을 발표했다.[4] 또한 교권 회복 4법이 국회 본회의를 통과했다.[5] 교원지위법 개정안은 교사가 아동학대로 신고됐더라도 정당한 사유가 없는 한 직위해제 처분을 금지하고 교장은 교육활동 침해 행위를 축소 · 은폐할 수 없다는 내용 등을 담고 있다.

초 · 중등교육법 개정안은 교원의 정당한 생활지도는 아동학대로 보지 않고 학생 보호자가 교직원이나 학생의 인권을 침해하는 행위를 금지하며 학교 민원은 교장이 책임진다는 내용이 담겨있다. 유아교육법 개정안은 교원의 유아 생활 지도권을 신설하고 정당한 생활지도는 아동학대로 보지 않는다는 것이 주요 내용이다. 교육기본법 개정안에는 부모 등 보호자가 학교의 정당한 교육활동에 협조하고 존중해야 한다는 조항이 신설됐다.[6]

교사들의 학교 이탈 현상은 평생 직업의 개념이 사라지고 있는 지금 어쩌면 자연스러운 현상일지도 모른다. 한 직장이 한 사람의 인생 전체를 보장해 주던 시대는 이미 지났다. 이제는 인생의 각 시기에 자기가 추구하는 가치에 따라 직업을 선택하는 시대이다. 인공지능과 로봇, 가상과 증강 현실 기술의 혁신에 기초한 4차 산업 혁명으로 직업 세계는 대전환을 맞이하고 있다. 교직에 대한 사회 인식도 변하고 있다.

4 <교육활동 침해 행위 및 조치 기준에 관한 고시>(2023.03.23.)
5 교원지위법, 초·중등교육법, 유아교육법, 교육기본법 등의 4개 법률 개정안(2023.09.21.)
6 『시사상식사전』, 박문각

그렇다면 이런 현실에도 학교에 남아 있는 우리는 어떤 마음으로 교직에 있어야 하는 걸까.

2학기 개학 날, 여름 방학 중 기억에 남는 일을 발표하는 시간이었다. 평소 수업 시간에 호기심 가득한 눈빛으로 나를 바라보는 민준이가 손을 들었다. 왠지 쭈뼛거리며 자리에서 일어섰다.

"저는 4박 5일 동안 대학교에서 하는 합숙 캠프에 다녀왔습니다. 특강 시간에 공부를 왜 해야 하는지 교수님이 강의하셨는데 저는 교수님 말이 잘 이해가 안 됐어요." 의아한 표정으로 민준이가 멋쩍게 말했다.

"교수님이 뭐라고 했는데?"

"공부를 열심히 해서 명문대에 가면 좋은 친구들을 만날 수 있고 성공할 수 있다고 했어요. 그런데 저는 그게 잘 이해가 되지 않았어요."

"명문대에 가야지만 좋은 친구들을 만나고 성공할 수 있다는 게 이해되지 않았다는 말이니?"

"네, 맞아요." 예상치 못한 질문이었다. 잠시 당황스러웠지만 자연스럽게 대답이 나왔다.

"민준아, 교수님이든 엄마든 선생님이든 타인의 말을 들었는데 진심으로 이해가 되지 않았어. 그런데도 누군가의 말을 따라서 공부를 열심히 해서 명문대에 들어갔어. 그런데 막상 명문대에서 좋은 친구들도 못 만나고 좋은 직장에 취직도 못 하면 그땐 어떻게 해야 할까?"

"……" 민준이가 고개를 갸우뚱하며 대답을 망설였다.

"아무리 다른 사람들이 좋은 말을 해준다 해도 이해가 되지 않고 마음으로 동의하지 않으면 한번 고민해 봐야 해. 내 생각은 어떤지 그렇게 하고 싶은지. 결국 중요한 건 내가 선택해야 한다는 거야."

내 말을 들은 민준이가 진지한 눈빛으로 고개를 끄덕였다.

선생님이기에 이런 말을 해줄 수 있다는 사실이 감사한 순간이었다. 세상을 바라보는 눈을 키워 가는 아이들에게 좋은 말로 좋은 영향을 줄 수 있는 자리에 있다는 것이 뿌듯했다. 내가 초등학교 아이들을 가르치고 싶은 이유이다.

한 시사 프로그램에서 교직을 선택한 것을 후회하고 있는 선생님의 인터뷰를 보았다. 얼마나 힘들면 교직 선택한 것을 후회할까. 내 선택을 후회하면서도 학교에서 시간을 보내고 있다면 얼마나 힘들고 괴로울까. 명문대에 가면 성공할 것이란 기대로 명문대에 갔지만 하루하루가 지옥과도 같다면 이 또한 마찬가지일 것이다.

로랑스 드빌레르는 『모든 삶은 흐른다』에서 이렇게 썼다. '휘청이는 배에서 마지막으로 의지할 수 있는 건 닻뿐이다. 우리에게는 마음속에 바람이 몰아칠 때 고통을 가라앉혀주고 쉴 수 있게 해주는 자신만의 커다란 닻이 있다.' 폭풍우가 몰아치는 바다 한가운데에서 휩쓸리지 않고 내가 가고자 하는 방향으로 가기 위해 의지할 수 있는 버팀목으로서의 닻은 무엇일까. 교육 여건이 아무리 변하더라도 중심을 지키는 나만의 닻은 무엇이어야 할까. 결국 자신을 돕는 것은 나일 수밖에 없다. 외적인 조건이나 감정에 함부로 휘둘리지 않고 굳건하게 나아가게 해주는 힘은 결국 내 안에서 찾아야 한다. 내가 꿈꾸던 곳이 기대했던 곳이 아니거나 상황이 달라진다면 그땐 어떻게 해야 하는 걸까. 떠나야만 할까. 내가 서 있는 자리에서 다시 희망을 찾을 순 없을까. 내가 가진 힘으로 온전하게 믿고 나아갈 방법은 무엇일까.

한 여행 프로그램의 출연자가 인터뷰에서 한 말이다.

"내가 원하는 여행과 사람들이 보고 싶어 하는 여행이 달랐다. 그래서 번 아웃이 온 것 같다."

어쩌면 우리도 하고 싶던 여행의 방식을 잊은 채 사람들의 요구만 충족시키려 보여주는 여행을 해서 더 힘들다고 느끼는 것은 아닐까. 내가 원하는 여행을 할 때 진정으로 행복하듯 내가 추구하는 삶을 살 때 삶의 기쁨을 느낄 수 있다.

내가 진짜 원하던 여행은 무엇이었을까. 내가 하고 싶은 교육은 무엇일까. 나는 삶에서 어떤 목표를 추구하는 사람일까. 나아가 내 인생에서 중요한 가치는 무엇일까. 나는 어떤 가치를 추구하고 어떤 교육을 하고 싶은가. 나는 아이들에게 어떤 메시지를 주고 싶은 교사인가.

내 안에서 맴도는 목소리에 귀 기울여 본다. 혹시 내가 외면해서 힘을 잃어버린 작지만 오래된 외침이 있는 건 아닌지 마음의 현미경을 꺼내 들여다본다. 거창하게는 내가 원하는 삶이 무엇이었나 가만히 생각해 본다. 누가 나에게 강요하지는 않았지만, 타인의 요구에 맞추려고 했던 건 아니었나. 사회가 요구한다고 자신에게 잣대를 들이밀었던 건 아니었던가. 살다 보면 실패하고 좌절할 수도 있고 나의 선택에 후회할 날이 올지도 모른다. 그럴 때는 희망의 닻을 떠올릴 것이다. 언제 어디서라도 다시 일어설 수 있다는 믿음과 새롭게 시작할 수 있다는 희망의 닻. 때로는 거센 파도와 폭풍우를 만나더라도 매일 떠오르는 태양을 향해 유유히 나아가는 나이길 바라본다.

# 나를 살린 말 한마디



"선생님 가르쳐주셔서 감사합니다. 선생님 사랑해요."

해마다 아이들에게 받는 감사의 말은 나에게 힘이 된다. 교직의 보람도 느끼게 한다. 하지만 이런 사랑의 말도 잊게 만드는 상처의 말들은 오랫동안 가슴에 남는다. 그리고 어쩌면 그 생채기는 평생 아물지 않을지도 모른다.

교직 생활 중 몸과 마음이 가장 힘들었던 시기가 있었다. 그 당시 건강 악화로 병가를 썼다. 두 달 넘게 병원 치료와 재활치료를 하고 어느 정도 회복했다 싶어 학교로 복귀했다. 건강상의 이유로 담임을 희망하지 않았지만 학교 사정으로 학급 담임을 맡게 되었다. 내가 맡은 학급에는 ADHD(주의력 결핍 과잉 행동 장애)를 앓고 있던 아이가 있었다. 그 아이의 충동적인 행동으로 수업 진행이 어려웠다. 또한 반항적이고 불손한 언행은 내가 감당할 수 없는 정도였다. 학부모의 일방적인 아이에 대한 방어적 태도와 거친 말들로 몸과 마음이 지쳐갔다.

결국 학기 중에 다시 병가를 썼다. 처음으로 교직에 대한 회의가 들었다. 아이들 앞에 다시 설 수 있을까 하는 두려움이 일었다. 나아가 다시 학교로 돌아가야 하는가에 대해 고민하기 시작했다. 학생과 학부모에게 들었던 말들이 나를 괴롭혔다. 그 말들을 되뇌고 곱씹었다. 스스로 상처를 키워 갔다. 내가 키운 상처는 쉽게 아물 줄 몰랐다. 부정적인 생각은 꼬리에 꼬리를 물고 이어졌다. 하지만 결국 제자리로 돌아올 뿐 결론은 나질 않았다. 산책을 해봐도 풍경은 눈에 들어오지 않고 생각 속에 휩싸여 발걸음만 옮길 뿐이었다. 마음이 힘드니 몸에 활력도 생기지 않았다.

내가 가장 힘들 때 찾았던 곳은 서점이었다. 집에서 멀었지만 서울에 있는 교보문고 본점을 찾아갔다. 어릴 때부터 가장 좋아하던 곳 중 하나였다. 서점에 가면 이 책 저 책에 빠져 시간을 잊었다. 새롭게 개장한 서점 한가운데에는 10m도 넘는 소나무로 된 원목 탁자가 놓여 있었다. 통나무를 그대로 잘라놓은 듯한 그 탁자에 앉아 책을 읽으며 종일 시간을 보냈다. 나무그루터기 탁자에 앉아 숲속을 거닐 듯 활자 속을 거닐었다. 책장 문을 열고 들어가 책 속 새로운 세상을 만났다.

몰랐던 새로운 세상을 만나며 내 안에 품고 있던 상처는 서서히 작아져 갔다. 그동안 내게 상처를 주었던 말들은 그 말을 내뱉은 아이에게서, 학부모에게서 나온 말이 아니었음을 알았다. 화살이 되어 따갑게 꽂히던 말들은 그들의 상처에서 나온 것이었다. 태어날 때는 순수한 존재였지만 삶의 고통을 겪으며 마음이 흐려지고 모난 말들로 나오게 되었다는 것을 깨달았다. 책으로 마음을 다독이고 어루만져주던 중에 만난 시가 있다.

<나를 사랑하라>

당신이 불행하다고 해서 남을 원망하느라
시간과 기운을 허비하지 마라.
어느 누구도 당신 인생에 영향을 끼칠 수 없다.
오직 당신뿐이다.
모든 것은 타인의 행동에 반응하는
자신의 생각과 태도에 달려있다.
(중략)
다른 사람들이 뭐라 하든
어떻게 생각하든 개의치 말고
어머니가 당신을 사랑하는 것보다
더 당신 자신을 사랑해야 한다.
삶을 언제나 당신 자신과 연애하듯 살라.

_어니 J. 젤린스키

상대가 아무리 나를 비난해도 진정한 내 모습을 의심하지 않는다. 세상 그 누구도 나를 힘들게 하거나 내 인생에 영향을 줄 권리가 없다. 타인의 행동에 영향을 받을지 말지는 내가 정한다. 본연의 내 모습으로도 충분하다. 무엇보다 내가 나를 사랑하고 일으켜 세워야 한다. 상처를 가슴에 품고 골몰하다 보면 상처는 커지기만 할 뿐이다. 상처받을지 말지는 내가 정한다. 자신을 사랑하는 사람에게 상처란 없다.

이 사실을 깨날았을 때쯤 내 마음을 알아차린 듯 몸도 다시 회복되고 있었다.

처음으로 하늘을 날아본 건 스무 살 때였다.

고등학교를 졸업하던 해 1월에 가장 먼저 도전한 것이 패러글라이딩이었다. 하늘 위에서 자유롭게 날고 싶었다. 패러글라이딩은 높은 산꼭대기에 올라가 패러글라이더가 연결된 배낭을 메고 야트막한 언덕 아래로 뛰어가면서 이륙하여 비행하는 항공 스포츠이다. 패러글라이더는 길쭉한 직사각형의 모양으로 패러글라이딩을 하는 사람들이 매달려있는 다양한 디자인의 낙하산을 가리킨다.

이륙할 때 가장 중요한 것은 바람이었다. 맞바람이 불 때 기체와 연결된 줄을 잡고 바람을 타며 앞으로 달려 나가야 한다. 달려 나가다 보면 기체가 붕 하고 떠오르는 순간이 있다. 그 순간 몸이 하늘로 떠오르고 의자 형태의 배낭에 앉게 된다. 그때부터는 하늘 위에 앉아 브레이크

선을 양손으로 당기며 방향을 조절하며 비행한다. 하늘 위에 앉아 잔잔한 바람을 탈 때는 하늘을 날고 있다는 자유로움을 느낄 수 있었다. 공기 중에 맨몸으로 높이 떠올라 발아래 세상을 내려다보는 기분은 짜릿했다.

매번 비행이 성공한 건 아니었다. 배낭을 메고 언덕 아래로 뛰어가다가 바람을 만나지 못하면 다시 출발점으로 돌아와야 했다. 알맞은 바람이 불어도 어깨에 힘을 잔뜩 주고 있으면 제대로 바람을 탈 수 없었다. 그저 바람에 몸을 맡기고 달려 나가야 자연스럽게 하늘로 날아오를 수 있었다. 좋은 바람을 만나 하늘로 올라갔어도 비행을 지속하지 못한 적도 있다. 원하는 방향으로 무리하게 힘주어 브레이크 선을 잡아당겼다가 패러글라이더가 휘청거렸다. 순간적으로 균형을 잃고 수직으로 낙하했다. 그러다 운 좋게 나무 위로 떨어졌다. 지금 생각해도 아찔하다. 다행히 기체가 나뭇가지에 걸려 구조되었다.

몇 번의 이륙 실패와 비행 사고를 겪으며 패러글라이딩에서 가장 중요한 것은 힘 빼기라는 사실을 깨달았다. 이륙 실패와 낙하 사고의 원인은 모두 내가 과하게 힘을 준 탓이었다. 잘해보고 싶은 마음이 앞서 힘만 잔뜩 주어서는 하늘을 날 수 없었다. 몸에 힘을 빼고 바람을 느끼며 온전히 바람을 받아들여야 하늘도 나를 받아주었다. 착륙할 때도 마찬가지였다. 기체의 고도를 낮추다가 힘을 빼고 가볍게 달려 나가야 안전하게 착지할 수 있었다.

학교에 다시 돌아왔을 때는 나도 모르게 어깨에 힘이 빠져 있었다. 되고 싶은 다른 누구 같은 모습이 아니라 그냥 나 자신으로 아이들 앞에 섰다. 그런 내 모습이 편안했다. 욕심을 버리고 마음을 비우고 무겁던 마음을 내려놓았다. 힘을 빼고 아이들을 만나니 왠지 아이들이 오롯이 눈에 들어오는 것 같았다. 좀 더 편안하게 아이들을 만날 수 있었다. 아이들에게 무언가 주어야 한다는 마음을 내려놓으니 아이들이 주는 에너지가 느껴졌다. 아이들은 아이들 모습 그대로 교실에 있었다.

아이들과 소통하는 마음가짐이 달라졌다. 하늘을 날기 위해 몸에 힘을 빼고 달려 나가며 미풍을 맞이할 때의 가벼운 마음이 떠올랐다. 교사는 에너지를 주는 사람인 동시에 아이들에게 에너지를 받는 사람임을 처음으로 느꼈다. 바람과 함께 하늘 위를 날 때 느꼈던 자유로움은 하늘이 아니어도 느낄 수 있는 것임을 알게 되었다. 있는 그대로의 나를 받아들이고 사랑하기 시작했다. 상처받고 부족하고 후회하던 과거의 내 모습도 나였음을 인정했다. 하지만 과거일 뿐 지금의 나는 아니다. 나는 고정되지 않은 늘 변하는 존재라는 사실을 깨닫기 시작했다.

타인의 말보다 에너지를 주는 건 내가 나에게 해주는 말이었다. 힘들 때 나에게 가장 힘이 된 것은 나에게 들려주는 말이었다. 겨울이 추우면

만 배 더 자신을 사랑해야 한다는 말의 의미를 새겨본다. 어떤 상황에서도 절대적인 응원의 말과 사랑의 말을 해줄 수 있는 나였으면 한다. 어떤 처지에 놓여 있더라도 어떤 모습을 하고 있더라도 모두 나이다. 내가 사랑으로 우뚝 설 때 비로소 아이들에게도 사랑을 줄 수 있다고 믿는다.

# 결정적 순간의 말

입구가 열린 동굴이 있다. 동굴 안에는 죄수들이 앉아 있다. 어렸을 때부터 그들의 사지와 목은 묶여 있다. 꼼짝 못 하고 동굴 안쪽의 벽면만을 바라볼 수밖에 없다. 동굴 입구에는 횃불이 타오른다. 죄수들 뒤로 다른 이들이 꼭두각시를 들고 동굴 벽에 그림자를 비추고 있다. 족쇄에 묶인 채로 동굴 벽에 비친 그림자만을 바라보아야 한다. 그들은 그림자가 실재라고 생각하며 살아간다.

어느 날 한 사람이 진리라 믿어 의심치 않았던 그림자에 의문을 품기 시작한다. 그림자의 속박에서 벗어나고자 안전장치이자 억압의 존재인 족쇄를 부순다. 그런 다음 한순간에 일어나 평생 바라보던 동굴 벽에서 눈을 뗀다. 자리에서 일어나 동굴 입구를 향해 걸어가서 고개를 높이 든다. 이 행위는 해본 적이 없기에 너무나 낯설고 힘겹다. 태어나 처음 보는 태양 빛이 눈이 부셔 아무것도 볼 수 없을 정도다. 고통과 낯섦에도 불구하고 그는 태양이 빛의 근원이었음을 깨닫게 된다. 플라톤의 『국가

론』 제7장에 나오는 이야기이다.

그 한 사람은 한순간에 일어나 동굴 밖으로 나갔다. 변화에 이르는 것은 순간이었다. 타성에 젖었던 삶의 변화는 순간에 일어난다. 동굴 밖으로 나가는 과정에는 고통이 따른다. 그래서 동력이 필요하다. 그 동력이 곧 교육의 본질이다.

플라톤이 말한 '엑사이프네스'는 고대 그리스어로 과거와 단절해 새로운 시작을 여는 힘을 뜻한다. 이 말은 '갑자기, 한순간에'로 번역된다. 새롭게 시작하는 힘은 한순간에 얻어진다는 것을 깨닫고 학교에 복귀했다. 그때부터 나의 학교생활은 달라지기 시작했다.

학교에 복귀하고 다시 몇 년 동안 1학년 담임을 했다. 전에는 들리지 않았던 1학년 아이들의 예쁜 말이 귀에 들어오기 시작했다. 입학식을 하고 나서 입학 초기 적응 활동 기간이었다. 아이들과 함께 학교 탐방을 했다. 교장실, 교무실, 방송실, 보건실, 급식실 등 학교 특별실을 둘러보았다. 아이들과 교무실에 들어갔다. 얼굴이 발그스름하게 상기된 교감 선생님이 반갑게 맞아주셨다. 교감 선생님의 홍조 된 얼굴을 보자마자, 우리 반 수현이가 "홍당무 선생님, 안녕하세요?"라며 큰 소리로 인사했다. 교감 선생님은 당황하여 얼굴이 더 빨개졌다. 아이들이 킥킥거리며 웃었다. 아이들의 자유로움에 나도 그만 피식 웃음이 나왔다. 교감 선생님도 아이들이 귀엽다는 듯 웃기만 했다.

학교폭력 예방 교육 시간이었다. 아이들에게 학교 폭력 내용을 설명하던 중에 '금품 갈취'란 말이 나왔다. 그러자 가만히 듣고 있던 태윤이가 "나 갈치 좋아하는데. 어제도 먹었어요."라고 말했다. 이해 못 한 아이들은 어리둥절했고 몇몇 아이들은 갈치란 말에 키득거리며 웃었다. 나는 입술을 꽉 깨물며 웃음을 참았다.

점심시간이었다. 급식으로 나오는 과일이나 음료, 케이크 등의 후식을 빨리 먹고 싶어 나에게 물어보는 주희란 아이가 있었다. 주희는 "선생님, 저 밥 다 먹었는데 휴식 먹어도 돼요?"라며 매번 예의 바르게 물었다. 그 귀여움에 매번 나도 또박또박 대답해 주었다. "밥 다 먹었으면 휴식 먹어도 돼요."

지구에 도착한 외계인들에게 지구인이 되는 공부를 시키는 일이 즐거웠다. 또 한 아이는 점심을 먹다가 불쑥 나와서 "선생님, 코에서 케첩이 나와요!" 하며 코피 나는 것을 재미있는 말로 전했다.

학부모 공개 수업 하루 전날이었다.

"여러분, 내일은 부모님이 오시는 날이에요. 부모님이 여러분 공부하는 모습을 보셔도 틀리면 어떡하지? 다른 엄마들 많아서 부끄러운데 하는 마음을 버리고 자신 있게 용기 내서 발표해 봐요. 알았죠?"

"선생님, 어떻게 마음을 버려요?" 우리 반 하린이가 눈을 동그랗게 뜨고 묻는다.

나도 모르게 내가 한 말을 기억 못 하고 순간 당황했다. 내가 마음을 버린다는 표현을 했구나.

"다른 마음으로 새롭게 바꾼다는 뜻이에요."

나의 한마디 한마디를 새겨듣는 1학년 아이들이 고맙고 귀여웠다. 더 좋은 표현과 마음에 새겨도 좋을 이야기로 교실을 채워나가고 싶었다. 그런 나의 노력을 아이들도 느꼈던 것일까. 그해 만난 아이에게 편지 한 통을 받았는데 이렇게 적혀 있었다.

'선생님 항상 쉽고 친절하게 가르쳐 주셔서 감사합니다. 저는 틀렸다고 한 적이 한 번도 없는 우리 반 선생님이 아주 좋아요.'

내 마음이 달라지자 아이들을 바라보는 눈빛이 달라졌다. 1학년 아이들의 순수한 말들이 다시 내 마음으로 들어왔다. 내 표정과 말투에는 달라진 내 마음이 고스란히 담겼고 아이들은 나의 거울이 되었다. 순간에서 시작된 마음의 변화가 교실의 변화를 불러왔다. 그리고 아이들과 내가 함께 달라졌다.

프랑스의 사진작가 카르티에 브레송의 1952년 사진집의 타이틀은 『결정적 순간』이다. 결정적 순간은 끊임없이 변하는 세상을 바라보는 관찰자들에게 사물이 미학적으로 특정한 의미를 띠며 정돈되고 조직화하는 어떤 분명한 순간, 즉 절정을 의미한다고 한다. 브레송은 사진을 마치 불교의 선승이 도에 이르는 과정과 흡사한 것으로 보았다. 선승이 순간의 직관으로 도에 이르는 것처럼 모든 것을 결정하고 본질까지 파악할 수 있는 결정적 순간이 있다고 믿었다. 하지만 그는 이렇게 말했다.

"난 평생 결정적 순간을 카메라로 포착하길 바랐다. 그러나 인생의 모든 순간이 결정적 순간이었다."

상처를 곱씹으며 내 안에 갇혀 골몰하던 중에 결정적 순간이 찾아왔다. 우연히 펼친 책 속에서 발견한 몇 구절의 문장이 내 가슴 속에 쿵 하고 내려앉았다. 그리고 다시 일어설 힘을 얻었다. 새롭게 시작할 수 있을 것 같았다. 동굴 밖으로 나갈 동력을 얻었다. 다시 아이들을 만날 용기가 생겼다. 새롭게 아이들을 만났고 내 마음의 변화는 교실에서 나타나기 시작했다. 새로운 마음은 곧 새로운 교육의 시작이었다. 그리고 아이들이 변하기 시작했다. 정확히 말하면 내가 새로운 눈으로 아이들을 바라보았다. 아이들과 함께하는 순간순간이 새로운 의미로 다가왔다. 모든 순간이 교직 인생의 결정적 순간이었다.

# 우리의 삶을 바꾼 한마디



9시 5분, 교실 뒷문이 스르륵 열리고 "에헴." 하는 헛기침 소리를 흉내 내며 우리 반 민수가 들어왔다. 조용히 책을 읽던 아이들이 고개를 들어 민수를 바라보았다. 민수가 자리로 와서 앉는 동안 교실이 잠시 술렁였다. 여기저기서 아이들이 소곤거린다. 아이들과 함께 책을 읽던 나도 고개를 들고 민수를 따라 시선을 옮겼다. 민수는 자리에 앉고 나서도 큰 소리로 기침했고 주변 아이들은 얼굴을 찌푸렸다. 내가 민수에게 주의 주면 교실이 소란해지고 민수의 행동이 강화될지도 모른다는 생각에 민수에게 향하던 시선을 거두었다.

9시 10분, 1교시 사회 수업을 시작했다. 책상 다섯 개씩 모아 모둠 대형을 만들었다. 모둠별로 우리 지역의 문제점을 조사하고 발표하는 시간이었다. 아이들이 태블릿으로 자료를 검색하는 동안 민수는 옆자리 친구의 필통을 쓱 가져갔다. 다른 친구의 지우개를 뺏었다 제 자리에 놓기도 했다. 친구들이 얼굴을 찌푸리며 민수에게 하지 말라고 말했다. 하지만 민수는 친구들의 말을 듣는 둥 마는 둥 하며 계속했다. 쉬는 시간엔 친구들이 모여 앉아 체스를 두고 있는데 민수가 옆에 앉더니 체스판 위에 놓인 말 하나를 갑작스럽게 가져갔다. 체스 두던 아이들과 구경하던 아이들이 일제히 "야, 왜 그래?" 하며 원망의 눈빛을 보냈다.

친구들이 싫어하는 행동을 일삼는 민수가 계속 신경 쓰였다. 문제가 되는 행동을 할 때마다 지적하게 되고 쉬는 시간과 점심시간에 상담하는 횟수가 늘어났다. 한 번 지적하니 지적할 것만 보였다. 어떻게 해야 하나. 교단 일기에 민수에 대한 고민을 며칠째 계속 적고 있다. 민수에게 하는 말을 바꾸고 싶었다. 지적하고 꾸중하는 말이 아니라 무언가 좋은 말을 해주고 싶었다. 그래야 내 기분도 밝아지고 교실 분위기도 살아날 것 같았다. 고민 끝에 민수를 보는 내 눈을 바꾸기로 했다. 보는 눈을 바꿔 새로운 눈으로 민수를 바라보기로 했다. 그러면 내 말도 달라지겠지 싶었다. 똑같은 상황이라도 생각을 바꾸면 무언가 좋은 말을 해줄 수 있을 거라 기대했다.

외부 강사님을 초빙하여 공판화 기법으로 티셔츠 염색을 하는 시간이었다. 관찰자가 되어 아이들이 수업하는 모습을 보니 새로웠다. 아이들이 비슷한 패턴으로 발표하고 수업하는 것이 보였다. 스펀지에 물감을 묻혀 티셔츠 위에 찍는 민수의 얼굴이 제법 진지했다. 입에 힘을 주어 앙다문 채로 집중하며 뚫어지게 셔츠를 내려다보고 있었다. 강사님이 과정을 먼저 마친 아이들 몇 명에게 친구들을 도와주라고 말하자, 민수가 벌떡 일어나 친구들을 도와주었다. 친구들이 싫어하는 행동을 골라 하던 민수가 아니었다. '이거다! 찾았다.'

다음 날 수업 시간에 반 아이들 앞에서 어제 미술 시간에 보았던 민수에 대해 말했다.

"민수가 미술 시간에 친구들을 많이 도와주었지요? 민수가 수업 시간에 집중하는 모습이 정말 인상적이었어요. 민수가 대단한 집중력을 지닌 친구라고 생각했어요. 또 활동 마치고 친구들을 돕는 모습을 보고 역시 민수는 친구들을 도와주는 것을 좋아한다고 생각했어요." 내 말을 들은 민수의 얼굴이 환해졌다. 반 아이들도 어느 정도 수긍하는 눈치다. 그날 이후로 민수의 행동이 조금씩 달라졌다. 친구들을 해코지하는 행동이 줄어들었다. 조심하는 게 보였다. 그런 민수를 보면 웃어 주었다. 민수는 친구들에게 장난치는 대신 나에게 다가와 질문도 하고 자기 이야기를 들려주었다. 민수를 보는 내 눈이 달라지자 칭찬해 줄 것이 계속 보였다. 칭찬해 줄수록 민수는 나에게 관심을 표현하는 일이 많아졌다.

소설가 이순원이 초등학교 5학년 때의 일이었다고 한다. 한 학년이 50명도 안 되는 강원도 시골 초등학교에 다녔던 그는 모든 백일장에서 번번이 떨어졌다고 한다. 군 대회에 나가서도 아무 상도 못 받고 빈손으로 돌아온 날 낙담한 그를 담임 선생님이 부르셨다. 운동장 가에 있는 커다란 나무 아래에 앉혀 놓고 말씀하셨다.

“지금은 단풍이 한창이지만 봄에는 나무에서 꽃이 피지? 너희 집에는 어떤 꽃나무가 있니?”

“매화나무도 있고 살구나무도 있고 배나무도 있어요.”

“그래? 그럼, 매화나무를 예로 들어보자. 같은 매화나무에도 먼저 피는 꽃이 있고 나중에 피는 꽃이 있지? 그러면 그 나무에서 핀 꽃 중에 어떤 꽃에서 열매를 맺을까?”

“매화나무는 나무들 가운데에서도 가장 이른 봄에 꽃을 피우는 나무란다. 그런 매화나무 중에서도 다른 가지보다 더 일찍 피는 꽃이 사람들의 눈길을 끌지. 다른 가지에서는 아직 꽃이 피지 않았는데 한 가지에만 일찍 꽃이 핀다면 말이다. 그렇지만 이제까지 살면서 선생님이 보기에 그 나무 중에서 제일 먼저 핀 꽃들은 열매를 맺지 못하더라. 제대로 된 열매를 맺는 꽃들은 늘 더 많은 준비를 하고 뒤에 피는 거란다. 나는 네가 그렇게 어른들 눈에 보기 좋게 일찍 피는 꽃이 아니라, 이다음에 큰 열매를 맺기 위해 천천히 피는 꽃이라고 생각한다. 너는 지금보다 어른이 되었을 때 더 재주를 크게 보일 거야. 너는 클수록 점점 더 단단해지는 사람이거든.”

남들보다 더 큰 열매를 맺기 위해서라도 많은 책을 읽으라는 말씀을 듣고 이순원은 닥치는 대로 책을 읽기 시작했고 작가가 된 후에 독서가 가장 큰 자양분이었다고 말했다. 『내 삶을 바꾼 칭찬 한마디』라는 책에서 이순원이 회상한 내용이다. 은사님으로부터 들은 너는 제대로 열매 맺을 큰 꽃이 될 거라는 한 마디가 작가의 길을 가게 했다고 한다.

고등학교 3학년 때다. 의대 진학을 꿈꾸며 고2 때 이과를 선택했는데 원하는 만큼 성적이 나오지 않았다. 물리 시간엔 외계어를 듣는 것 같았고 수학은 점점 더 어려워졌다. 모의고사를 볼 때마다 기대만큼 점수가 나오지 않았다. 어느 날 고민하던 내게 친구가 말했다.

"초등학교 때 꿈이 선생님이었다고 했지? 너 보면 초등학교 선생님 하면 참 잘할 것 같아."

친구의 말을 듣고 초등학교 때부터 꿈이었던 선생님을 떠올렸다. 그랬다. 초등학교 내내 선생님들을 보면서 선생님이 되길 바랐다. 중 · 고등학교 선생님들을 보면서도 어떻게 가르치는지에 유난히 관심이 많았다. 친구의 한마디에 나는 내가 바라던 꿈을 다시 떠올렸다. 그리고 교대에 진학했다.

진심으로 건네는 한 마디는 누군가의 삶을 바꿀 수 있다고 믿는다. 마음을 담은 칭찬 한마디가 사람을 귀한 존재로 만들어 준다. 새로운 눈으로 바라보면 상대방도 몰랐던 좋은 점을 발견해 줄 수도 있다. 단점을 장점으로 바꿔주기도 하고 절망의 순간을 희망의 기회로 바라보게도 한다. 또 잊고 있던 꿈을 되찾아 다시금 꿈을 향해 나아가게도 한다. 진심을 담은 사랑의 말 한마디에는 삶을 새롭게 쓰게 하는 위대한 힘이 담겨 있다.

# 행복한 교사,<br>행복한 아이들

우리 삶은 연약하고 무너지기 쉽다. 타인의 스쳐 가는 한마디가 가슴에 박혀 돌이 되어 일생을 아프게 할 수도 있다. 하지만 진심 어린 사과 한마디에 얼었던 마음이 녹아내려 돈독한 관계로 거듭날 수도 있다. 이렇듯 삶이란 균형을 잡아나가는 과정의 연속이다. 삶이 균형을 잃었다고 느껴질 때는 무너진 나를 다시 세우는 힘이 필요하다. 나를 다시 세우는 힘은 무엇일까. 나에게 필요한 힘이 뭔지 알고 그 힘을 발휘하는 방법을 안다면 소중한 내 삶의 존엄함을 지킬 수 있고 인생도 좀 더 풍요로워지지 않을까.

많은 사람을 대하는 교사는 특히나 삶의 균형 잡기가 필요하다. 『리스본행 야간열차』를 쓴 독일의 철학자 페터 베이리는 『삶의 격』이란 저서에서 존엄한 삶의 형태를 세 가지로 나누어 제시했다. 그 세 가지는 내가 타인에게 어떤 취급을 받느냐, 내가 타인을 어떻게 대하느냐, 내가 나를 어떻게 대하느냐이다. 우리가 자신을 대하는 태도는 타인을 보는 관점에 영향을 주고 이것은 다시 타인이 우리를 대하는 태도에 영향을 끼친다.

삶의 균형을 잡아 풍요로운 삶으로 가는 첫 번째 방법으로 내가 자신을 대하는 태도에 관해 이야기해 보려 한다. 아침에 눈을 떠 잠자리에 들 때까지 우리는 머릿속에서 끊임없이 자신과 대화한다. 무의식 중에도 쉼 없다. 이러한 자기와의 대화는 하루에 적게는 12,000개에서 많게는 50,000개까지 이루어진다고 한다. 쉬운 말로 혼잣말이다. 혼잣말에는 긍정 대화, 부정 대화, 중성 대화가 혼재한다.

심리학자 랜디 카멘의 다년간의 조사 결과 대부분 사람이 걱정으로 가득한 부정적인 내용으로 자기와 대화하며 심지어 곱씹고 자기를 비하하는 것으로 나타났다. 아주 어릴 적부터 시작한 자기 대화는 성장 배경과 경험에 크게 영향을 받는데 부모, 가족, 선생님, 친구 심지어 미디어에서 접한 한마디까지도 영향을 받는다고 한다. 이렇게 부정적 자기 대화가 꼬리를 물고 곱씹다 보면 자신을 무력감과 우울감에 빠뜨리고 자존감은 땅으로 곤두박질치게 된다.

학급 아이들 갈등 중재, 학부모와의 상담, 학교 업무 등으로 심신이 지치고 힘들 때면 머릿속에는 부정적인 자기 대화가 차올랐다. 반복되는 아이들 간의 갈등, 마음에 남아 있는 학부모의 말을 계속 곱씹었다.

심할 땐 자존감이 바닥을 치는 듯했고 무력감마저 느꼈다. 이런 부정 순환의 고리를 끊고 싶었다. 부정적인 생각을 반복하는 대신 긍정적으로 나를 대하고 싶었다. 여러 가지 방법을 시도해 보았다. 그중 도움이 되었던 몇 가지가 있어 소개해 보려고 한다.

### 1. 일기 쓰기

하루 동안 있었던 일을 적다 보면 머릿속에 떠올랐던 부정 대화를 포함한 자기 대화까지도 적게 된다. 일기를 쓰면 흘려보내던 머릿속 대화가 정리되며 나도 모르게 부정적이던 생각을 인식할 수 있었다. 그리고 이것이 사실인지 아닌지를 판단할 수 있었다. 글로 쓰면서 대부분의 부정적인 자기 대화가 기우에 지나지 않았음을 발견할 수 있었다. 우리가 걱정하는 97%의 일은 일어나지 않는다고 한다. 일기를 쓰면서 기우에 지나지 않았던 부정적이었던 생각들을 흘려보낼 수 있었다. 내 생각과 감정을 정리하고 다시 나와 타인을 긍정적으로 바라보는 힘도 생겼다.

### 2. 긍정 언어로 바꾸어 나를 칭찬하기

생각대로 일이 잘 안되었을 때면 "내가 왜 그랬을까?, 더 잘했어야지, 그렇게밖에 못하다니, 내가 다시 잘할 수 있을까, 또 실수해 버렸네, 난 못 할 거야, 자신 없어." 등의 혼잣말을 하곤 했다. 하지만 이런 말들은 나를 움츠러들게 하고 무기력하게 만들었다. 세상 누구보다 나 자신을 사랑해야 한다는 사실을 알았을 때 부정적이던 대화 대신 의식적으로 나를 칭찬하고 격려하기 시작했다. "그럴 수 있지, 잘하고 있어, 대단해, 좋아질 거야, 최고야, 할 수 있어." 등등 어릴 적 부모님에게 받았던 그 어떤 칭찬보다도 진심으로 자신을 다독이고 격려해 주려고 했다. 처음부터 잘 되진 않았다. 왠지 어색했다. 그래도 스스로 꾸짖기보다는 격려하고, 걱정하기보다 긍정의 마음으로 나를 보려고 했다. 나를 긍정하고 칭찬해 주니 아이들도 좀 더 너그럽게 볼 수 있었다.

### 3. 내가 한 모든 일에서 좋은 점을 찾아보기

하루 동안 내가 한 많은 일 중 좋았던 일보다 후회되는 일이 더 기억에 남아 되뇌곤 했다. 하지만 후회되는 일에도 분명 좋은 점이 있었다고 생각을 바꿔보았다. 그리고 하루 동안 내가 한 모든 일을 의식해서 긍정적으로 평가해 보았다. 실수하거나 예상 밖에 벌어진 일에서도 분명 좋은 점은 있었다. 내가 잘한 일, 실수에서 배운 일, 앞으로의 기대 등 희망의 눈으로 바라보니 지나온 오늘 하루가 감사하고 내일이 기대되었다.

일기를 쓰며 오늘을 정리하고 내가 했던 언행에 대해 긍정하니 자신을 탓하며 스스로 깎아내렸던 과거의 내 모습과는 조금씩 달라짐을 느낄 수 있었다. 있는 그대로의 나를 온전히 공감할 수도 있었다. 내가 나를 아끼고 사랑하는 만큼 타인에게도 관대해지는 것 같았다. 부드러운 마음에서 나온 말엔 온기가 담겼다. 따스한 말은 순환 고리를 타고 부메랑이 되어 나에게 돌아왔다.

삶이 풍요로움을 느꼈던 두 번째 방법으로는 내가 즐거운 일을 최대한 많이 하는 것이었다. 행복은 기쁨의 강도가 아니라 빈도라고 했다. 아무리 행복한 감정도 곧 소멸해 버렸다. 어떤 일을 하면서 느끼는 즐거움은 시간이 갈수록 줄어들기 마련인데 이를 '쾌락의 쳇바퀴'라고 한다. 교사만 되면 행복할 줄 알고 수년간 열심히 공부해서 교사가 되었지만 그 기쁨은 얼마 가지 않았다. 교사로서 또 다른 보람과 행복을 추구해야만 행복할 수 있었다.

이렇게 쾌감이 초기화되는 현상은 인간이 생존하기 위해서는 자연스럽고 필연적인 일이라고 한다. 아무리 영양가 높은 좋은 음식을 먹어도 내일 또 먹어야 하는 것처럼 즐겁고 행복한 일도 매일 반복하고 새롭게 찾아야 한다. 학교 업무로 지친 채 퇴근했다면 충분히 쉬어야 한다. 나의 취향을 발견하고 좋아하는 취미 활동으로 즐거움을 만끽해야 한다. 퇴근 후와 주말, 방학 때마다 나만의 행복 배터리를 가득 채워주어야 행복해진다. 내가 행복을 충전하는 방법은 여행이다. 세상 곳곳을 다니며 행복이라는 아이스크림을 맛본다. 달콤하지만 반드시 녹아 사라지는 아이스크림을 계속 맛보기 위해 계속 떠난다. 새로운 여행지를 찾아 새로운 만남을 경험한다.

그리고 좋은 기분을 유지하는 새로운 방법을 찾으려고 한다. 내 감정을 직시하고 부정적 정서에 빠지지 않도록 긍정의 경험을 찾으려고 노력한다. 내가 웃으면 아이들도 함께 웃었다. 기분 좋은 말과 사랑의 말이 오가는 교실에서 아이들과 함께할 때 행복하다.

마지막으로 지식과 경험이 많을수록 삶이 풍성하다는 느낌을 받을 수 있었다. 직간접적인 경험의 방법으로 여행, 연수 및 연구회 활동, 견학 등 여러 가지가 있겠지만 그중 독서는 가장 좋은 간접 경험 방법이었다. 다양한 삶의 모습을 만나며 책 속 인물이 되고 때로는 작가와 대화를 나누었다. 우리는 살아가면서 무수한 어려움을 맞닥뜨린다. 그 난관을 헤쳐 가는 원동력은 결국 자신에게서 나온다. 그 원동력은 경험을 바탕으로 한 지혜다. 한 발짝도 나아가기 힘들었을 때 다시 일어날 힘을 준 지혜의 말은 바로 책 속 한 문장이었다. 희망의 한 문장이 멈췄던 나를 한 걸음 내딛게 해주었고 막힌 벽을 넘을 수 있게 해주었다. 이렇게 책을 읽으며 밑줄 그었던 한 문장이 내 삶으로 체화되었다. 책 속 한 문장이 내 삶과 연결될 때 그 문장은 더 이상 책 속 한 문장이 아닌 내 삶의 문장이 되었다. 책은 삶을 흔들리지 않게 견고하게 잡아주는 버팀목이자 다양한 삶을 포용하는 밝은 눈이 되어주었다. 많은 사람을 만나는 나에게 책은 중심이자 오감이 되어주고 풍요로운 삶의 바탕이 된다.

삶의 균형을 잡아 안정된 정서를 유지했을 때 어떤 일을 해도 행복했다. 내 마음이 균형을 잃었다고 느낄 때면 나를 충분히 다독이고 돌봐주려고 한다. 할 수 있는 모든 방법으로 나를 사랑해 주려고 한다. 소진되었다고 느낄 때는 필요한 에너지가 무엇인지 헤아리고 채워주는 시간을 내어 본다. 잔잔한 음악이 흐르는 카페에 앉아 책장을 넘기며 차 한 잔 즐기는 여유 있는 시간이어도 좋은 사람들과 이야기 나누는 다정한 시간이어도 좋다. 건강한 몸과 안정된 마음은 행복한 삶을 견고하게 받쳐주는 주춧돌이 된다.

때로는 클리셰 뒤에 진실이 숨어 있다는 것을 알아간다. 선생님이 행복할 때 아이들이 행복하다.

제2장

# 관계를 시작하는 말

# 에듀 노마드의 2월

한때는 아이들의 목소리와 웃음소리로 가득했던 교실이 고요하기만 하다. 덩그러니 줄지어 선 책걸상과 빈 게시판을 보면 지난 1년간의 추억이 스쳐 지나간다. 그동안 익숙해진 교실을 비워주고 떠나야 하는 2월이다. 책장과 책상 서랍 안에 흐트러진 학용품, 책, 학습자료 등을 챙기다 보면 하루가 꼬박 걸리곤 한다. 혹시나 두면 사용할 때가 있겠지 하는 마음에 쉬이 버리지도 못한다.

새 교실로 이동해야 하는 2월이면 유목민을 뜻하는 '노마드'란 단어가 떠오른다. 파란 하늘과 초원이 맞닿은 지평선이 끝도 없이 펼쳐진 몽골 초원에서 체험차 게르를 방문했었다. 햇빛에 반짝이는 흰색 펠트 천으로 덮인 둥근 모양의 게르는 거대한 버섯 같았다. 게르 밖에서는 일고여덟 살로 보이는 남자아이와 여자아이가 양젖으로 만든 큐브 모양의 치즈를 햇빛에 말리고 있었다. 삼국시대 의상처럼 보이는 몽골 전통의상을 입은 소년이 말을 타고 달려와 우리를 맞아주었다. 게르 안으로 들어가니 침대, 옷장, 화로 등의 가구가 천막을 둘러싸며 빼곡히 배치되어 아늑한 느낌이 들었다. 화로 주위에 둘러앉아 양젖을 발효해서 만든 쿠미스라는 음료와 찐만두와 비슷한 요리를 먹었다. 익숙하지 않은 향과 맛이었다. 계절과 가축의 종류, 생활 방식에 따라 이동하며 살아가는 유목민의 삶의 터전인 게르 안에는 있어야 할 물건들만 있었다. 생존에 꼭 필요한 것들만 추려서 다른 곳으로 이동하며 살아가는 유목민의 단출한 삶을 들여다보았던 경험이었다.

궁금한 마음에 노마드란 단어를 검색해 보았다. 노마드는 프랑스어로 들뢰즈에 의해 철학적 의미를 부여받은 말이기도 하단다. 그는『천의 고원』이란 저서에서 노마드를 특정한 가치와 삶의 방식에 얽매이지 않고 끊임없이 자신을 바꾸어 나가며 창조적으로 사는 인간형을 이르는 말이라고 했다. 또한 여러 학문과 지식의 분야를 넘나들며 새로운 삶을 모색하는 존재를 일컬었다.

새로 알게 된 노마드의 의미는 교사로서 내가 추구하고 싶은 인간형이기도 했다. 삶의 방식에서 완전히 자유롭지는 못하더라도 매년 새로 만나는 아이들과 함께 변화하고 성장하고 싶기 때문이다. 이렇게 매년 2월은 교실 이사의 고단함에 새 학기 준비의 설렘과 긴장감이 더해진 여러 감정이 진하게 배어 있는 달로 기억된다.

아이들은 교실이라는 언어의 정원에서 자라나는 꽃과 같다. 1년 동안 선생님이 들려주는 말을 듣고 자라난다. 선생님의 좋은 말 한마디는 아이들의 가슴에 깊게 뿌리내려 꽃을 피우는 자양분이 된다. 하지만 어떤 말 한마디는 성장을 방해하는 해충이 될 수도 있다. 새 교실에서 새 학기를 준비할 때면 언제부턴가 무엇보다 '아이들에게 들려줄 말'에 대해 고민하게 되었다. 꼭 필요한 순간에 성장의 필수 영양소가 되는 말이 뭘까. 한번을 들려줘도 말하는 나도 기분 좋고 듣는 아이들도 행복해지는 말이 어디엔가 있을 것만 같다.

어떻게 해야 좋은 말을 할 수 있을까. 마음에서 나오는 말이 좋아지려면 우선 내 마음 밭부터 살펴봐야겠다는 생각이 들었다. 내 마음의 흙이 적절한 습도와 영양분을 갖추어야 아이들을 건강하게 자라게 하는 말을 해줄 수 있다는 것을 처음에는 잘 몰랐다. 이제는 교실을 정리하고 학급교육과정을 작성하며 내 마음도 정리하고 준비하는 시간을 갖는다. 단순한 마음의 차이 같지만 아이들을 맞이하고 1년살이를 꾸리다 보면 예전과는 다른 교실이 되어 있음을 느끼곤 한다.

'나는 어떤 눈으로 아이들을 바라보고 있을까, 내가 생각하는 교육이란 무엇일까, 아이들이 성장하는 데에 내가 어느 정도 영향을 줄 수 있을까.'

아이들을 만나온 지난 시간 동안 내내 가슴에 맴도는 질문들이다. 지금도 앞으로도 계속될 이런 물음에 진지하게 나와 대화할 수 있는 때가 새로운 만남을 앞둔 2월이다.

교직에 몸담은 지 꽤 긴 시간이 흘렀는데 돌아보면 해마다 1년은 무척이나 빠르게 지나갔다. 바쁜 학교 일정을 따라가다 보면 어느새 학기 말이 되고 학년말이 되어 있었다. 시간의 망원경 효과 때문이었을까 학교 시간은 늘 더 빨리 흘렀다. 정해진 대로 따라가기만 하다가 학기 말이 되어 성적처리를 끝낼 즈음이면 늘, 진이 다 빠져 소진된 느낌이었다.

원인이 무엇일까. 바쁜 학교 일정 때문만은 아닐 것 같았다. 생각해보면 학교에서 내가 주체가 되어 하고 싶은 일보다 해야만 하는 일이 많았을 때 더 빨리 지쳤고 의욕이 나질 않았다. 그래서 언제부턴가 2월이면 한 해 동안 해보고 싶은 것을 정해보곤 한다. 아이들과 하는 학급 이벤트를 새롭게 구상하고 공부하고 싶은 분야를 정하기도 한다. 올해는 이런 생일 파티를 해봐야겠다 즐겁게 상상하기도 하고 아이들이 쓴 글을 모아 엮어서 전자책으로 출간해야겠다는 계획도 세워본다. 수업에 활용할 앱들을 정리해서 써보며 호기심을 충족시키기도 한다. 방학 중 가볼 나라를 정하고 여행 계획을 세우기도 한다. 이런 즐거운 계획이 있을 때 학기 중에 쉽게 지치지 않았다. 오히려 학기 말이 다가오면 새로운 경험을 할 기대에 부풀었다.

2월에 꿈꾼 그대로 1년이 흘러가지 않아도 좋다. 아이들과 하는 학교

생활은 마치 살아서 움직이는 생물과 같아서 꿈틀대고 역동하는 그 자체로도 좋다. 언제 무슨 일이 있을지 모른다. 변화무쌍하고 가능성이 넘쳐난다. 어떤 아이들을 만나 어떻게 상생하며 1년을 보내게 될까. 그래서 2월의 학교는 조용한 듯해도 공기 중에는 묘한 긴장감이 흐르는지도 모르겠다. 어쩌면 유연함을 갖추는 것이야말로 2월에 해야 할 일 목록의 제1번이 아닐까.

특정한 가치와 삶의 방식에 얽매이지 않고 끊임없이 자신을 바꾸어 나가며 창조적으로 사는 인간을 뜻하는 노마드의 의미를 새롭게 정의해 본다.

새롭게 만나는 아이들에 맞게 끊임없이 자신을 바꾸어 나가며 새로운 앎과 가르침을 모색하는 존재, 바로 내가 꿈꾸는 에듀 노마드이다.

# 주고받는 긍정의 마법



사람은 평생 뇌세포의 10% 정도밖에 사용하지 않는다고 한다. 그리고 유전자의 3%만이 단백질을 만들기 위하여 사용된다. 우리 뇌는 굉장한 잠재 능력을 갖춘 셈이다. 노벨상 후보에 올랐던 생물학자 무라카미 가즈오에 따르면 뛰어난 사람과 평범한 사람은 유전자 차이가 거의 없다고 한다. 그렇다면 우리는 모두 뛰어난 잠재력을 가진 채 평범하게 살고 있다는 말이다. 대부분 유전자의 스위치를 끄고 살아가기 때문에 잠재력을 발휘하지 못한다고 한다. 하지만 뛰어난 사람은 결정적인 순간에 긍정적인 유전자를 켤 줄 안다. 다시 말하면 유전자의 긍정 스위치를 켜는 사람만이 잠재 능력을 발휘할 수 있다는 말이다.

교육을 뜻하는 영어는 education이다. 어원을 살펴보면 'e'는 '밖으로'를 뜻하고 'duce'는 '끌어내다'를 뜻한다. 즉, 학생이 가진 능력과 지식 등을 밖으로 끌어내는 것이 교육이다. 잠재 능력을 끌어내는 것이 교육이라는 관점에서 보면 아이들이 긍정 유전자를 켜서 잠재 능력을 발휘하도록 도와주는 것이 교사의 역할이다. 교사는 할 수 있다는 긍정적인 마음으로 도전하는 교실 환경을 만들어 줄 수 있다. 또한 아이들이 잠재능력을 끌어내어 학습 목표에 도달하도록 교육과정을 설계할 수 있다. 작은 성공의 경험을 통해 자신감을 키워줄 수도 있다. 또한 학습 중에 겪는 어려움을 극복하도록 옆에서 격려할 수 있다.

학급 담임을 맡으면 아이들의 긍정 스위치를 켜게 하는 장점 선물하기 활동을 한다. 하루에 한 명을 정하고 나와 반 아이들이 그 친구의 장점을 찾아서 자세하게 이야기해 주는 시간을 갖는다. 아이들은 그동안 봐왔던 친구의 장점을 느낀 대로 솔직하게 표현해 준다.

"친구들을 잘 도와주고 즐겁게 해줘요.", "웃을 때 귀여워요.", "얼굴이 까만 편이지만 주근깨도 없이 피부가 보송보송해서 부러워요." 등 내가 미처 발견하지 못한 장점을 찾아 친구에게 들려준다. 그리고 나도 그 아이에 대해 평소에 생각해 왔던 좋은 점, 감동한 일, 잘한 일 등을 자세하게 일화를 들어가며 이야기해 준다.

친구들과 나의 이야기를 들은 아이는 쑥스러워하지만 좋아한다. 이렇게 활동을 이어 나가던 어느 날이었다. "선생님, 우리 반 친구들 장점 다 찾아주고 나면 뭐 할 거예요? 선생님 장점 찾아 주기해요. 그리고 우리 반 장점, 우리 학교 장점도 찾아줘요." 예상하지 못한 반응이었다. 내가 받은 칭찬을 돌려주고 싶어 하는구나. 긍정 스위치를 한번 켜보면 계속

켜는 힘이 생기는구나 싶었다. 그리고 정말로 그해 만난 아이들과 헤어지던 날 아이들은 깜짝 이벤트로 롤링 페이퍼에 나의 장점을 써서 선물로 주었다.

스티브 비덜프의 『아이에게 행복을 주는 비결』에서는 너 메시지의 중요성을 강조한다. 아이의 마음은 질문으로 가득 차 있는데 대부분은 '나는 누구지?', '나는 어떤 사람이지?', '어디에 속해 있지?' 등의 정체성에 관한 질문이라고 한다. 이 질문들은 어른이 된 후에도 인생의 근본이 되는 중요한 결단을 내리는 데 영향을 준다. 이때 아이의 마음은 '너는~'으로 시작하는 타인의 말에 지대한 영향을 받는다. 부모님, 친구들, 선생님의 한마디 말 심지어 미디어에서 스쳐 지나며 듣게 되는 짧은 말 한마디까지도 아이들에게는 큰 영향을 준다. 그 내용이 '넌 게으른 아이야.'든 '넌 좋은 아이야.'든 아이의 무의식 속에 깊고 단단히 뿌리내리게 되는데 아이가 들은 내용을 스스로 평가하더라도 비교 대상이 없기에 아이에게 더 크게 영향을 주게 된다고 한다.

"너는 긍정적인 사람이야."
"너는 머리가 좋아."
"너는 사람들과 잘 지내."
"너는 이해력이 좋아."
"너는 창의력이 좋아."

"너는 건강하고 힘도 세지."

이러한 긍정의 너 메시지를 듣고 자란 아이라면 어떨까. 무의식 속에 자리한 스스로에 대한 믿음이 이러하다면 그 아이의 인생은 어떻게 달라질까. 만약 자기에 대한 정의가 건강하고 이해력이 좋고 창의적이라면 그 아이는 결정적인 순간에 유전자의 긍정 스위치를 켤 수 있을 것이다. 문제투성이의 인생을 살아가는 어른 중에는 어린 시절 "넌 아무짝에도 쓸모없어." 등의 부정적 메시지를 듣고 자란 경우가 많다고 한다. 우리가 아이들에게 끊임없이 긍정의 메시지를 전달해야 하는 이유이다.

용기, 희망, 감사, 기쁨, 사랑 등의 긍정 감정은 관계를 통해서 경험할 수 있다고 한다. 이런 긍정 감정은 심장의 부교감 신경계인 미주신경과 서로 영향을 주고받는다. 미주신경 긴장도는 호흡하는 동안 심박수가 변하는 정도를 나태는 지표로 심장의 정보를 뇌로 보내는 역할을 한다. 긍정 심리학자인 바바라 프레드릭슨은 미주신경과 긍정 감정의 상호 관계를 실험으로 입증했다. 실험에서는 미주신경의 긴장도가 높은 사람들일수록 사회적인 친밀감과 긍정 정서가 빠르게 증가했다. 또한 미주신경의 활성도가 높을수록 긍정 정서의 수준도 높고 긍정 정서의 변화량이 많을수록 미주신경 활성도 변화량이 크다는 사실을 발견했다. 다시 말하자면, 아이에게 보낸 긍정 메시지로 아이들은 마음의 안정감을 느끼고 그 감정은 고스란히 교사에게 돌아온다는 말이다.

아이들은 서로에게 숨겨진 빛나는 마음을 순수한 눈으로 찾아주었다. 아이들이 받은 밝은 에너지는 물수제비로 수면 위에 파문이 일어나듯 친구들에게로 전해졌다. 내가 아이들에게 해준 칭찬은 아이들의 반짝이는 눈빛으로, 긍정의 말로, 좋아진 행동으로 나에게 다시 돌아왔다. 긍정의 메시지는 순환함을 아이들과 함께 느꼈다. 우리가 만든 희망의 에너지는 교실을 밝고 환하게 만들어 준다. 서로를 향한 좋은 말로 나와 아이들이 긍정 감정을 쌓으면, 긍정의 순환은 반복되고 잠재력을 발휘하게 하는 서로의 긍정 스위치가 된다.

# 마음의 문을 여는 눈 맞춤

흩어져 있던 아이들의 눈동자가 시야에 들어온다. 아침 독서 시간 책에 몰입하다 그대로 고개 든 아이, 교과서를 펼치다가 고개를 든 아이, 필통에서 연필을 꺼내다 눈이 마주친 아이 등, 교실 안 아이들의 눈동자가 나를 향한다. 아침 1교시가 되면 호기심 가득한 아이들의 눈동자를 내 눈에 담기 시작한다. 수업 중에는 질문하거나 발표하는 아이들과 한 명씩 눈을 마주치며 이야기를 주고받는다. 목소리가 작은 아이는 가까이 다가가 얼굴을 마주하며 들어주곤 한다. 내가 아이들에게 다가가는 첫 번째 방법, 눈 맞춤이다.

눈부처. 사랑하는 사람의 눈동자에 비친 내 모습을 뜻한다고 한다. 사랑하는 이의 마음의 창에 자신을 비추어 보는 순간의 마음이 부처와 다르지 않다고 하여 부르는 용어이다. 눈부처는 그저 바라본다고 보이는 게 아니다. 거짓말을 하거나 진심이 아닌 눈에는 눈부처가 생기지 않는다고 한다. 진심으로 상대방의 눈을 그윽하게 들여다보다가 마음의 창을 열고 들어가 안에서 창밖의 나를 사랑으로 마주 보아야 만날 수 있다고 한다. 이 세상에 오직 당신만 존재한다는 듯 온 마음으로 눈을 맞추어야 볼 수 있는 것이다.

'말의 힘'이라는 주제로 수업하던 중이었다. 동기유발 부분에서 아이들에게 말의 중요성을 실험한 영상을 먼저 보여주었다. 갓 지은 쌀밥을 두 개의 유리병에 담는다. 한쪽 병에는 "고맙습니다." 등의 좋은 말만 해주고 다른 병에는 "짜증 나." 등의 나쁜 말만 해준다. 한 달 후 두 병을 살펴보았다. 좋은 말을 들려준 밥에는 하얗고 뽀얀 곰팡이가 피었고 구수한 누룩 냄새가 났다. 반면 나쁜 말을 들려준 밥은 거뭇하게 썩어버렸다.

영상을 보고 난 후 아이들에게 물었다.

"왜 이런 실험 결과가 나왔을까요?"

나를 가만히 바라보던 맨 앞자리에 앉은 채아가 손을 들고 대답했다.

"고마워, 사랑해 같은 좋은 말을 들은 밥은 자기가 사랑받고 있다고 느껴서 썩지 않았고."

순간 채아와 눈이 마주쳤다. 골똘히 생각하는 표정이었다. 채아의 얼굴을 가만히 들여다보며 이야기를 들었다. 채아의 생각이 기특했다. 내 눈이 커졌다. 내 눈을 빤히 바라보는 채아의 눈동자 속 표정까지 눈에 들어왔다.

"짜증 나 같은 나쁜 말을 들은 밥은 자기를 싫어하고 사랑받지 못하는 것 같아서 썩어버린 것 같아요."

고개를 끄덕이며 채아와 서로의 눈을 바라보았다. 눈동자가 반짝였다. 채아의 맑은 눈동자 안에 내 모습이 비쳤다. 눈부처였다. 채아의 말을 듣는 순간에는 교실에 채아와 나만 있었다. 마치 어두운 연극 무대 위 주인공 두 명에게 핀 조명을 비춘 듯한 순간이었다. 서로의 마음의 창에 비친 자기 모습을 마주한 순간이었다. '말의 힘' 수업 중 눈부처를 만났다. 눈 맞춤의 힘을 느낀 찰나였다.

한 달 정도 후 학부모 상담 주간에 채아의 어머니와 대면 상담하게 되었다.

"선생님, 저희 아이가 수업 시간에 선생님이 아이들을 바라보는 눈빛이 너무 좋대요. 아이들을 귀여워하는 게 느껴진대요. 집에서 제가 아이들을 혼낼 때 엄마도 우리 선생님처럼 봐달라고 하네요."

말하지 않았지만, 그때 서로 같은 마음이었구나 싶었다. 아이들에게 다가가려는 나의 노력을 알아준 채아와 어머니가 고마웠다. 눈 맞춤이 가진 힘을 확인한 날이었다.

아이들을 칭찬할 때도 눈빛으로 메시지에 힘을 실어줄 수 있다. 만일 누군가 당신에게 "너 참 귀찮구나."라고 말하면 기분이 상할 것이다. 여기에 큰 소리로 사납게 말을 한다면 더욱 화가 날 것이다. 만약 훨씬 더 큰 목소리로 위협적인 몸짓과 함께 말한다면 끔찍한 일로 여겨지고 가슴에 상처로 남을지도 모른다. 칭찬할 때도 마찬가지이다. "넌 특별하고 멋진 사람이야."라는 말도 진심을 담아 눈을 맞추며 또렷한 목소리로 말해줄 때 그 칭찬은 아이에게 더욱 깊게 영향을 주고 신뢰감을 키워줄 수 있다.

주의 깊게 봐주지 않아도 내가 전하고자 하는 말만 뚜렷이 하면 된다고 생각했던 적도 있었다. 하지만 아이들과 원하는 만큼의 소통은 할 수 없었다. 말에 마음을 담으려면 눈이라는 창이 필요함을 늦게 알았다. 서로의 창을 통해서 생각과 마음을 나누어야 함을 알고 난 후 시행착오 끝에 아이들과 교감하는 나만의 몇 가지 방법이 생겼다.

우선 교실에 앉아 있는 아이들 전체를 바라볼 때는 골고루 시선을 주며 아이들의 눈빛을 모으려고 한다. 3월 첫날부터 가장 먼저 노력하는 부분이다. 이 방법은 어느 정도 시간이 필요하고 어쩌면 1년 내내 한결같은 마음으로 노력해야 한다. 아이들과 눈을 맞추고 함께 호흡하다 보면 서로의 마음을 느낄 수 있다. 내 마음이 안정된 순간에는 아이들도 고요한 마음으로 나를 바라보았다. 시간이 흐를수록 이 방법은 나와 아이들 사이의 집중 약속이 된다. 교감과 대화의 준비 과정인 셈이다.

아이들과 서로 경청할 준비가 되었을 때부터는 눈빛으로 아이들을 불러보곤 한다. 아이를 바라보며 이름을 부르다가 익숙해지면 호명 대신 눈빛만으로 발표할 아이를 지목해 보기도 한다. 이것은 아이들이 수업 중 나를 바라보고 있어야 가능하다. 수업 중 개별적으로 발표할 때는 되도록 그 아이에게 집중하여 바라보려고 노력한다. 지속해서 경청하는 분위기로 만들다 보면 어느새 다른 아이들도 나와 함께 그 아이의 말에 귀 기울이고 있는 것을 느낄 수 있었다. 그러다 보면 아이들의 눈에서 눈부처를 발견할 수도 있을지도 모른다.

그리고 쉬는 시간이나 점심시간 등 개별적으로 상담할 때는 먼저 아이의 얼굴과 표정을 살핀다. 아이의 지금 감정이 뭔지 읽어보려고 한다. 진짜 마음을 읽어주며 대화하면 부드럽게 소통이 이루어지고 아이의 신뢰도 얻을 수 있었다. 내가 진심으로 봐준다는 걸 느꼈을 때 아이들은 마음을 열어 주었다. 1년 동안 함께 지내다 보면 어느새 반 아이들 한 명 한 명과 눈빛만으로도 서로의 마음을 읽어주는 사이가 되어 있음을 느낄 수 있었다. 그때 주고받는 눈 맞춤은 소통의 시작이 아닌 대화의 한 형태가 되었다.

눈 맞춤은 아이들의 마음 안으로 들어가는 문이 되어주었다. 아이들과 마음을 나누는 1년이란 여정의 시작이었다. 아이들 눈빛 너머의 세상에 머물다 눈동자에 비친 눈부처를 발견하는 행운의 순간에는 서로 사랑으로 마주할 수 있었다. 진실한 마음으로 상대를 바라볼 때만 만나는 신기루 같은 눈부처를 많은 아이에게서 만날 수 있기를 늘 꿈꾼다.

# 노력하는 시간만큼 특별해지는 너와 나

책장 넘기는 소리만 가끔 들린다. 책을 응시하는 아이들의 눈동자가 왼쪽에서 오른쪽으로 반복해서 움직인다. 눈앞에 펼쳐진 책 속 세상에 빠져 웃었다가 찌푸렸다 하는 아이들의 얼굴이 제법 진지하다. 조용한 가운데 열기가 느껴진다. 아침 독서가 한창인 교실 풍경이다. 등교한 아이들은 도서관에서 책을 빌려오거나 사물함에서 오늘 배울 교과서를 가져와 정리한다. 잠시 친구들과 이야기 나누기도 하지만 이내 책 안으로 들어간다. 짧으면 10분, 길면 20분간 아이들은 책에 몰입한다.

혼자 읽기 활동이 끝나면 내가 읽어줄 차례다. 보통 실물화상기에 종이책을 비추어 읽어준다. 학년에 맞게 아이들이 좋아할 만한 책으로 고르는데 매년 『어린 왕자』는 빼놓지 않고 읽어주려고 한다.

『어린 왕자』는 총 27장으로 이루어져 있는데 하루에 한 장씩 읽어주기 좋다. 어린 왕자가 자신의 별을 떠나 여행하는 이야기를 한 장씩 읽어주며 아이들과 친구 사귀는 방법에 관하여 이야기를 나눈다. 작가 생텍쥐

페리를 소개하면 아이들이 관심을 보이기 시작한다. 비행기 조종사인 작가의 경험담이 담겼다는 말에 진짜 있었던 일이냐고 물어보기도 한다. 모자처럼 보이는 코끼리를 삼킨 보아뱀 그림을 알아보는 아이들도 있다.

어린 왕자가 살던 작은 별 B-612호를 떠나 여행길에 오르면 나와 아이들은 어린 왕자와 함께 하루에 별 하나씩을 여행한다. 첫 번째 별의 명령만 하는 왕, 두 번째 별에서 만난 허영심 많은 사람, 세 번째 별의 술고래 등 다양한 사람들을 어린 왕자가 되어 함께 만난다. 흥미를 느낀 아이들은 따로 책을 구해서 먼저 읽어보기도 한다. 일곱 번째 별인 지구에 도착한 어린 왕자는 무수히 많은 산봉우리와 정원 가득 핀 장미꽃을 보게 된다. 그동안 어린 왕자가 알고 있던 것이라곤 무릎 높이의 세 개의 화산과 오직 하나뿐인 장미꽃이었다. 자신이 가진 것이 대단하지 않다는 걸 알게 된 어린 왕자는 실망한다.

이 상황을 아이들이 얼마나 공감하는지 궁금해져 질문을 던졌다.

"어린 왕자와 비슷한 경험을 한 적이 있나요?" 아이들이 여럿이 손을 번쩍 들었다.

"제가 초창기부터 구독하던 유튜브 채널이 언제부턴가 유명해져서 구독자가 너무 많아지니 왠지 서운했어요."

"내가 입고 왔던 옷이 좀 특이한 거여서 저만 입는 옷인 줄 알았는데 다음 날 학교에 왔을 때 저랑 똑같은 옷을 입은 친구가 있어서 기분이 안 좋았어요."

"제가 산 가방이 저만 있는 건 줄 알았는데 똑같은 가방을 메고 온 친구들이 있어서 기분이 별로였어요."

"제가 넷플릭스에서 보던 영화 시리즈가 있는데 친구들한테 말해줬더니 나중엔 저보다 친구들이 더 많이 보고 저보다 잘 알아서 기분이 이상했어요."

"저랑만 친한 줄 알았던 친구가 다른 친구들과 친하게 노는 모습을 보고 속상했던 적이 있어요."

울고 있던 어린 왕자가 여우와 만나고 여우에게 길들이는 방법을 배워가는 부분이 나오면 아이들은 더욱 진지한 표정으로 듣는다.

"어린 왕자가 여우에게 외로우니까 함께 놀자고 했을 때 여우는 뭐라고 했나요?"

"길들여 있지 않아서 못 논다고 했어요."

"맞아요. 학기 초 마음에 드는 친구에게 다가가 '나랑 놀자.'라고 했어요. 그러자 그 친구가 '싫은데? 넌 내 친구가 아니니까 못 놀아.'라고 말한 거예요." 내 말을 들은 아이들의 얼굴이 제법 심각하다.

"여우가 어린 왕자에게 친구는 상점에서 살 수 있는 것이 아니라 길들여야 한다고 했어요. 그럴 때 가장 필요한 게 뭐라고 했지요?"

"인내심이요."

"네, 맞아요. 주말에 친구랑 만나서 놀고 싶어도 그 친구와 약속하고 만나야 해요. 무작정 찾아간다고 만나거나 친한 친구가 될 수 있는 것이 아니죠. 서로 약속하고 지켜주는 데는 인내심이 필요하죠. 그럼 한 번만 참으면 친구가 된 걸까요?"

"그건 아닌 것 같아요."

"그렇지요. 어린 왕자의 장미꽃이 소중해진 건 그 꽃을 위해 보낸 시간이 많았기 때문이지요. 물도 주고 바람막이도 만들어 주고 유리 덮개도 씌워 주고 벌레도 잡아주었어요."

"그럼, 함께 정리해봐요. 친구가 되려면 가장 중요한 것 두 가지가 뭐지요?" 칠판에 마커를 들고 크게 적었다.

인내심(노력)+시간

인생의 좋은 답을 찾아가는 아홉 번의 심리학 강의『행복의 품격』이라는 책에서는 여우와 어린 왕자가 만나는 과정을 '심리적 동화 과정'이라는 심리학 용어로 설명한다. 이는 사랑하는 사람들을 마음속으로 담아내어 관계를 내재화하는 과정인데 우리가 행복을 경험하기 위해 필수적인 과정이라고 한다.

혼자 슬퍼하던 어린 왕자 앞에 여우가 나타나 '길들이다=관계를 맺는다'라는 화두를 던지고 관계 맺는 것과 시간의 상관관계에 대하여 설명해준다. 길들이기 전까지 여우와 어린 왕자의 존재는 서로에게 무수히 많은 대상 중 하나에 불과했다. 오랜 시간 친밀한 관계를 유지하기 위해 노력하며 길들인다면 서로가 서로에게 단 하나뿐인 특별한 존재가 될 수 있다. 어린 왕자가 시간이 없다고 불평하자 친구를 파는 상점은 없기에 시간을 투자하는 방법밖에 없다고 말한다. 그리고 만약 서로가 길들인다면 행복이 얼마나 소중한 것인지 저절로 알게 된다고 한다. 헤어지던 날 슬퍼서 우는 어린 왕자에게 여우가 말한다. "밀밭을 보면 난 너를 생각할 수 있어. 헤어지더라도 너는 내 마음에 있어. 그러니 우리는 이 세상에서 오직 하나뿐인 관계를 맺었어."

쉬는 시간과 점심시간에 아이들이 상담을 요청해 오는 내용은 대부분 친구 관계이다. 친구와 다투거나 오해가 있어 사이가 틀어졌는데 어떻게 해야 할지 모르겠다고 한다. 친구 관계를 맺는 방법을 제대로 배운 적이 없는 아이들에게 『어린 왕자』를 읽어주며 이야기를 나누면 교실 분위기가 사뭇 진지해진다. 어떤 인내심이 필요할지 물어보면 기다림, 노력, 배려, 양보 등 아름다운 미덕의 단어를 말한다. 27장의 이야기를 읽어나가는 27일 동안 아이들의 생각이 조금씩 자라는 것을 느낀다. 흡수력이 좋은 아이들이라 변화는 더 빠르게 나타난다. 친구들에게 하는 말이 예뻐지고 듣기 좋아진다. 친구들과 함께 나누는 시간의 소중함을 알게 되는 걸까. 학기 말로 갈수록 친구들과 헤어지는 것을 아쉬워하는 걸 느낄 수 있었다.

우리 반 개구쟁이 도현이가 쉬는 시간에 빨간 색종이로 꽃을 접고 초록색 색종이로 줄기를 접었다. 하드보드지 위에 종이컵을 거꾸로 세우고 종이컵 바닥 부분에 만든 꽃을 붙였다. 그 위에 비닐봉지를 씌우고 날아가지 않도록 자석을 올린 채로 나에게 주며 말했다. "선생님, 어린 왕자별에 있는 장미꽃이에요. 선생님 드릴게요." 햇볕에 그을린 도현이 얼굴에 까만 눈동자가 반짝였다.

아이들은 친구 관계를 잘 맺는 방법을 배운 적이 없고 경험도 부족해서 서툴 수밖에 없다는 걸 예전에는 잘 생각하지 못했었다. 어른이 되어서도 사람들과 좋은 관계를 맺고 유지하기는 어려운 일인데 아이들은 오죽할까. 친구 사귀는 방법을 배운 아이들은 교실에서 바로 적용해보려고 했다. 친구와 친해지려 노력하는 모습을 볼 수 있었다. 1년 동안 함께 하며 서로를 길들였다. 헤어지더라도 서로의 마음에 추억이 남아 있다면 서로에게 유일한 존재가 된다는 것을 아이들은 마음으로 이해했을까. 서로 만나지 못한다 해도 관계가 끝나는 것이 아님을.

우주 만물이 태어나고 소멸하듯 관계에도 시작과 끝이 있다. 모든 관계는 영원히 지속될 수는 없다는 숙명 앞에서 우리는 때로 슬퍼하고 좌절하기도 한다. 하지만 서로를 길들이고 관계를 유지하려 노력하는 시간만큼 우리의 연결 고리는 강해지고 서로에게 유일하고 특별한 존재가 된다. 비록 더 이상 만날 수 없다 하더라도 서로의 가슴속에 추억이라는 이름으로 영원히 남을 수 있다. 밤하늘에 빛나는 별빛만 보아도 떠올릴 수 있는 아이들이 있어 나에게 남은 삶은 따뜻하다.

## 약속,
## 믿음의 출발선

"항상 같은 시간에 오는 게 더 좋아." 여우가 말했다.

"예를 들어 네가 오후 네 시에 온다면 난 세 시부터 행복해지기 시작할 거야. 시간이 갈수록 난 점점 더 행복해지겠지. 네 시가 다 되면 난 흥분해서 안절부절못할 거야. 그러다가 우리가 만나면 넌 행복에 젖은 내 얼굴을 보게 될 거야. 그러나 네가 아무 때나 온다면 몇 시에 널 맞을 준비를 해야 할지 모르잖아. 그러니까 적당한 의식이 필요해."

어린 왕자는 지구에서 만난 여우에게서 길들임의 지혜를 배웠다. 어린 왕자와 여우에게 길들인다는 것은 서로를 배려하며 특별한 유대감을 쌓아가는 여정이었다. 서로에 대한 애정과 신뢰를 느끼는 관계가 될 때 비로소 유대감이라는 *끈끈함*은 깊어질 것이다. *끈끈한* 관계를 향해 한 걸음씩 다가가는 과정에서 상대방의 신뢰를 얻을 수 있는 좋은 방법은 아마도 약속을 지키는 일이 아닐까 한다. 경험과 성장을 강조한 미국의 철학자인 존 듀이는 인간 본성의 가장 깊은 충동을 중요한 사람이 되고 프 욕망이라고 했다. 누군가에게 소중한 사람이 되고픈 바람은 어쩌면 가슴 속 가장 깊은 곳부터 끓어오르는 열망이 아닐까.

해마다 4월이 되어 약속한 듯 조용히 피어나는 아름다운 벚꽃을 보면 짧은 순간이지만 오랫동안 이어질 거라는 믿음이 생겨나곤 한다. 나와의 약속을 잊지 않고 지켜주는 벚꽃 같은 사람을 만난다면 얼마나 기쁘고 행복할까. 매일 아침 소중한 이를 만나러 가듯 학교에 출근하기를 꿈꾼다. 만나기로 약속한 아이들과 보내는 하루가 짧지만 믿음으로 채워지기를 소망해본다.

한때는 잘해주고 싶은 마음이 커서 지키기 힘들 정도의 많은 계획을 세우곤 했다. 당찬 포부로 다양한 월별 학급 행사를 정해놓았다. 월별 생일 파티, 학급 온도계, 학급 체육대회, 어린이날 행사, 각종 학급 대회 등 좋아 보이는 행사는 다 하고 싶었다. 하지만 학교 행사를 따라가기에도 시간이 부족했고 계획했던 행사를 못 하게 되는 일이 잦아졌다.

아이들과의 약속을 지키지 못한 것이 처음에는 미안했지만 익숙해지자 미안한 마음도 무뎌졌다. 으레 학기 초에 결심한 일은 못 하기도 하는 거지 하며 나에게 변명 아닌 변명을 했다. 아이들도 처음에는 실망했지만 이내 그러려니 하는 것 같았다. 하지만 미안함과 아쉬움은 항상 남아 있었다. 학교 안에서 흐르는 시간의 강을 따라가다 보니 아이들에게

공지하는 학급 행사는 점차 가짓수가 줄어들었다. 그리고 1년 동안 잊지 않고 지키게 되는 몇 가지만이 살아남았다. 그렇게 되고 나니 왠지 마음은 가벼워졌고 중간에 새로운 학급 행사를 시도해 보려는 마음의 여유도 생겨났다.

지금은 매주 한 시간씩 아이들과 책 읽는 시간을 가지려고 한다. 매주 같은 요일, 같은 시간이면 도서관에서 책을 빌려 아이들과 함께 읽는다. 처음에는 아이들이 그런가 보다 하다가 익숙해지면 나름의 독서 습관이 자리 잡게 된다. 아이들은 주기적으로 방문하는 도서관에 익숙해지고 어느 서가에 내가 좋아하는 책이 있는지 금방 찾게 된다. 무슨 책을 빌릴지 고민하던 아이들도 어느새 자기의 취향과 필요에 따라서 책을 골라 읽는다. 그러다 보면 아이들이 아침 독서 시간뿐만 아니라 쉬는 시간에도 자연스럽게 책 읽는 모습을 볼 수 있다. 1년 정도 꾸준히 하다 보면 아이들에게 책 읽는 습관이 어느 정도 자리 잡았음을 느낄 수 있다. 일주일 한 시간이지만 꾸준하게 실천하는 즐거운 약속이다.

아동 발달 심리 이론에 따르면 초등학생의 사회성 발달 정도는 규칙과 도덕적 가치를 이해하고 사회적 규범을 준수하는 데 관심을 두게 되는 단계라고 한다. 학기 초에는 학급 회의에서 아이들끼리 지킬 규칙이나 약속을 스스로 정해보도록 한다. 학급 회의를 통해서 약속을 정하면 내가 아이들에게 바라는 것 이상의 좋은 내용이 나온다. 아이들이 필요하다고 느끼고 생각한 것을 말하기 때문이다. 선생님 지시가 아닌 스스로 정한 약속이기에 지키려고 노력하는 모습을 볼 수 있다.

최근에는 같은 내용의 말이라도 어떤 시선을 담았는지에 따라 다르게 표현할 수 있음을 알려주려고 한다. 싸우지 말자는 말이지만 우리의 뇌는 싸운다는 단어로 인식한다고 한다. 그래서 '친구와 싸우지 말아요.'보다 '친구와 사이좋게 지내요.'라는 말이, '수업 시간에 떠들지 말아요.'보다는 '수업 시간에 조용히 해요.'라는 말이 더 좋게 들린다. 그래서 되도록 긍정어를 알려주고 아이들이 규칙을 정할 수 있도록 한다.

교실에서 함께 생활하는 동안 아이들과 나는 서로 닮아간다. 서로 익숙해지고 나면 아이들끼리 나누는 대화 속에서 종종 내 목소리를 듣게 된다. "비유하는 방법에는 두 가지가 있다고 했지요? 뭐였나요?" 쉬는 시간 지윤이가 칠판에 판서하며 내 말투를 그대로 따라 했다. 그 앞에는 몇 명의 아이들이 모여 학생 역할을 하고 있었다. 초등학교 시절 했던 학교 놀이가 문득 떠올랐다. 친구들 앞에서 선생님의 행동, 말투, 어조까지 따라 하며 괜스레 으쓱했다. 무심코 우리 반에서 유행하는 말이 내 입에서 흘러나올 때면 어느덧 아이들과 언어를 공유하는 사이가 되었구나 싶다. 되도록 아이들에게 긍정의 말을 하고 싶은 이유이다. '하지 말라.'는 금지어 대신 '해보자.'라는 권유형의 말을 사용하려는 까닭이다. 조금만 방심해도 부정어와 금지어가 나오는 것을 보면 의식적인 노력밖에는 방법이 없는 듯하다.

아이들과의 신뢰는 하루아침에 쌓이지 않았다. 우선 나와의 약속을 지키는 성실함이 필요했다. 그리고 보이지 않는 아이들의 마음을 헤아릴 수 있는 지혜도 있어야 했다. 아이들에게 벚꽃 같은 선생님이길 바랐다. 말이 없어도 우리는 오늘이라는 시간을 알차게 보낼 거라는 마음이 어느 정도 축적되었을 때 관계에 대한 믿음이 자라났다. 아이들이 시간이 지나도 변하지 않는 아름다운 가치를 가슴에 간직하길 바라본다. 세월이 흘러 아이들이 어른이 되고 인생 나침반이 필요한 순간이 왔을 때 자신에 대한 믿음이 근간이 되기를 바라는 마음으로.

# 마음을 사로잡는 최고의 지혜, 경청

기원전 202년, 초나라 귀족 출신 항우와 패현 출신 백수건달 유방은 해하 지역에서 마지막 전투를 치른다. 8년 동안 유방과의 대결에서 백전백승한 항우에게 천운이 기우는 듯했지만, 천하제일의 항우를 꺾고 한나라의 왕 자리에 오른 이는 유방이었다. 그들의 운명을 바꾼 결정적인 한 마디는 바로 동의를 구하는 "어떠냐(何如)?"와 의견을 묻는 물음 "어떻게 하지(如何)?"였다고 한다. 항우는 전투에서 승리한 뒤 참모들에게 동의만 구했다. 반면 유방은 모든 전투에 앞서 참모들의 의견을 먼저 들었다. 경청이 최고의 전략이었던 유방의 진가는 8년 후가 돼서야 비로소 드러나게 된 것이다.

경청(傾聽)은 기울 경(傾)과 들을 청(聽)이란 한자로 이루어진 단어이다. 기울 경(傾)은 상대방의 말을 듣기 위해서 상대방 쪽으로 몸을 기울인다는 의미다. 몸을 기울이면 마음도 자연히 기울이게 되어 몸과 마음 모두 상대를 향하게 될 터이다. 들을 청(聽)의 한자를 자세히 풀어보자면 귀이(耳), 임금 왕(王), 열 십(十), 눈 목(目), 한 일(一), 마음 심(心)으로 되어 있다. 해석하자면 누군가의 말을 듣는다는 것은 임금의 말을 들을 때처럼 귀를 크게 하고 열 개의 눈으로 바라보아 상대와 하나의 마음이 되는 것이라고 할 수 있겠다. 상대의 마음을 아는 것으로 끝나지 않고 같은 마음이 되어주는 것이 경청의 진정한 의미임을 새겨보게 하는 해석이다.

쉬는 시간에 민서가 다가와 "선생님." 하고 불렀다. 모니터에 시선을 고정한 채 "왜 그러니?" 하고 대답했다. "저 보건실 좀 다녀올게요.", "그러렴." 여전히 내 손가락은 키보드 위에서 바쁘게 움직였다.

"선생님, 다음 시간에 뭐해요?" 수민이가 말했다. "국어 시간이야." 고개를 돌려 아이를 잠시 쳐다보고 대답했다. "선생님, 제가 게시판에 붙여 놓은 학급 신문을 보고 현수가 자꾸 뭐라 해요." 이번엔 수빈이다. 떨리는 목소리가 심상치 않았다.

"그래? 뭐라고 하는데?"

"퀴즈가 너무 쉽고 재미도 없다고 계속 뭐라고 해요."

"그랬어?" 그제야 모니터에서 눈을 떼고 고개를 돌려 수빈이의 얼굴을 봤다. 눈시울이 붉어진 채 눈물이 그렁그렁 맺혀있었다. 현수를 불렀다. 말한 내용을 확인하고는 수빈이에게 사과하게 했다. 수빈이도 마음이 누그러진 것 같았다. 다시 내 눈은 모니터를 향했다.

그동안 수빈이와 현수는 종종 말다툼하곤 했다. 그럴 때마다 서로 사과하도록 했다. 이틀 뒤 사회 시간, 촌락과 도시의 교류에 관하여 모둠별로 조사하고 발표하는 수업 시간이었다. 발표 수업이 끝나고 수빈이가 나와서 말했다.

"선생님, 현수네 모둠이 발표 준비할 때 우리 모둠 따라 한 것 같아요."

"왜 그렇게 생각했어?"

"아까 우리 모둠 쪽으로 와서 우리가 하는 걸 살짝 보고 갔고, 윤지에게 '우리도 해볼까?'라고 말하는 것을 들었어요."

현수는 절대 그러지 않았고 그런 말을 한 적도 없다고 했다. 서로의 말이 옳다고 주장했다. 이제 그동안의 중재 방법으론 문제가 해결되지 않을 것 같았다. 두 아이의 갈등을 해결하는 좋은 방법이 무엇일지 고민했다.

그동안은 아이들이 서로 다투거나 문제가 생겼을 때 즉시 문제 행동을 교정하고 해결해주는 것이 최선이라고 생각했다. 그래서 아이들과 상담할 때는 잘잘못을 따지고 서로 사과하고 화해시켰다. 같은 패턴을 반복했다. 그렇게 하면 문제가 해결된 것 같았다. 하지만 상처를 덮기에만 급급했을 뿐 문제는 그 아래에서 곪아가도 있었을지도 모른다.

다시 생각해보았다. 문제의 진짜 원인이 무엇인지 잘 들어보지도 않고 사과만 하면 해결된 것이라고 결론지은 것은 아니었을까. 과연 나는 그 아이들의 이야기를 잘 들어주었나, 마음을 잘 이해해 주었나 하는 생각에 이르렀다. 아이들의 마음이 정말 궁금했나 하는 의문도 들었다. 정작 나는 그 아이들이 진짜 힘든 부분이 무엇인지 잘 몰랐음을 깨달았다. 단순히 서로 의견 충돌이 계속된다는 문제에만 집중하고 있었다. 이제야 진짜 아이들의 마음이 궁금해졌다.

"수빈이랑 현수, 그동안 속 많이 상했지? 어떤 점이 속상했는지 선생님한테 말해줄 수 있겠니?"

다음 날 점심 식사 후 다시 모였다. 수빈이의 얼굴이 붉어지기 시작했다.

"3월부터 현수는 저를 별로 안 좋아하는 것 같았어요. 항상 저한테만 뭐라고 하고 다른 친구들한테만 친절했어요. 나도 현수랑 친하게 지내고 싶었는데 현수가 나만 싫어하는 것 같아 속상했어요." 수빈이의 큰 눈에 맺힌 눈물이 뺨을 타고 흘렀다.

"3월부터 그렇게 느꼈구나. 아주 속상했겠네. 현수랑 친하게 지내고 싶었는데 수빈이의 마음을 잘 몰라준다고 생각했구나. 현수도 하고 싶은 이야기 있으면 말해줄 수 있겠니?"

"저도 수빈이랑 친하게 지내고 싶었어요. 그런데 제가 한 번 실수한 것을 수빈이가 뭐라고 하니까 나도 모르게 수빈이한테만 퉁명스럽게 말하게 됐어요." 수빈이가 고개를 떨구었다.

"수빈이랑 현수의 이야기를 들어보니까 서로 친해지고 싶었던 마음은 같았구나. 그럼, 이제라도 서로의 마음을 알았으니까 다시 잘 지내도록 노력할 수 있겠니?"

수빈이와 현수가 서로 바라보다 고개를 끄덕였다.

"선생님도 그동안 너희들의 마음을 자세히 들어주지 못해서 미안하구나. 앞으로 말하고 싶은 것이 있으면 언제든지 상담 요청해 줄 수 있겠니?"

내가 아이들의 이야기에 귀 기울인 시간은 정작 몇 분이 되지 않았다. 아이들의 얼굴을 보고 마음을 헤아리고 싶어졌다. 내가 이해한 마음을 다시 들려주며 물어보았다. 경청은 잘 듣는 것에서 그치는 것이 아니라 듣고 이해한 마음을 아이에게 피드백해 주는 것임을 알게 되었다.

현수와 수빈이는 그 후로 다투는 일이 줄었다. 의견 충돌이 있어도 전만큼 다투지 않고 대화하려는 모습을 보였다. 갈등이 있을 땐 나에게 시간을 갖고 싶다고 말하고 복도 한쪽으로 가서 대화를 나누고 와서는 잘 풀렸다고 말해주었다. 서로 대화로 문제를 해결해 가는 모습이 기특했다.

이청득심(以聽得心). 귀 기울여 경청하는 일이 사람의 마음을 얻는 최고의 지혜라는 말이다. 내가 들을 수 있는 귀와 마음을 갖추어졌을 때야 비로소 아이들은 마음을 열고 속내를 들려주었다. 경청의 핵심은 권면이 아니라 그저 들어주고 확인해주는 것이었다. 사람들은 대부분 스스로 문제를 해결할 힘을 갖고 있다고 한다. 마주하는 이를 오롯이 바라보고 귀 기울이며 한마음이 되어줄 때 문제의 실타래도 풀리고 풀린 실을 따라 신뢰도 따라온다는 교훈을 아이들을 대하며 배워간다.

# 긍정의 말은 쇠도 녹인다지요

만복이는 걸핏하면 친구들과 싸워서 교실 뒷자리에 혼자 앉는 아이다. "너 키도 작고 진짜 못생겼구나? 비켜, 이 뚱땡아. 정말 짜증 나. 선생님은 왜 만날 나한테 뭐라고 해요?" 만복이는 마음과 다르게 입만 열면 저절로 나쁜 말이 튀어나온다. 고민하던 만복이는 처음 보는 '만복이네 떡집'을 발견하고 들어간다. 달콤하고 고소한 냄새가 나는 먹음직스러운 떡 앞에는 쪽지가 붙어 있었다.

입에 척 들러붙어 말을 못 하게 되는 찹쌀떡(가격: 착한 일 한 개)
허파에 바람이 들어 비실비실 웃게 되는 바람떡(가격: 착한 일 두 개)
달콤한 말이 술술 나오는 꿀떡(가격: 아이들 웃음 아홉 개)
다른 사람 생각이 쑥덕쑥덕 들리는 쑥떡(가격: 아이들 웃음 마흔두 개)
눈송이처럼 마음이 하얘지는 백설기(가격: 아이들 웃음 오천구백구십구 개)

떡을 먹고 싶던 만복이는 미술 시간 친구에게 찰흙을 빌려주었던 착한 일 한 가지를 떠올리고 찹쌀떡을 먹는다. 그 후 진짜로 말을 못 하게 된 만복이는 나쁜 말도 못 하게 된다. 바람떡을 먹게 된 만복이는 비실비실 웃게 되면서 친구들과 함께 웃게 되고 꿀떡도 먹는다. 달콤한 말을 해주고 친구들의 생각까지 들리게 되자 만복이는 더 이상 예전의 만복이가 아니게 된다.

도서관 수업 중 우리 반 현서가 키득키득 웃으며 보는 책이 있길래 궁금해서 봤더니 『만복이네 떡집』이란 책이었다. 심술궂은 말만 하던 만복이가 좋은 말, 착한 말을 하는 게 얼마나 즐거운 일인지 알게 되는 이야기를 달콤한 떡을 한입에 가득 넣고 우물거리며 먹듯 맛있게 읽었다.

책을 읽고 나니 나도 꿀떡을 먹은 만복이처럼 아이들에게 달콤하고 좋은 말을 많이 나눠주는 선생님이고 되고 싶어졌다. 좋은 말은 포백(베와 비단)보다 따뜻하고 남에게 상처 입히는 말은 포격(창을 찌르는 것)보다도 깊다고 하였다. 내가 한 말이 아이들 마음을 포근하게 덮어주어 교실에 따스한 공기가 흐른다면 얼마나 좋을까.

"똑바로 못 해?"
"그렇게밖에 못 하겠니?"
"또 지각했구나."

내 마음이 삭막할 땐 이런 말들을 무심코 입 밖으로 내게 될 때가 있다. 이런 말은 아이가 늘 틀렸다고 전제하며 무의식 중에 내가 옳다는 것을 증명하려 노력하는 말들이다. 하지만 아이들에게 포격으로 찌르는 것과 같은 상처만 남길 뿐 실제로 행동을 변화시킬 수는 없었다. 오히려 내가 쏜 화살이 나에게로 돌아와 꽂히는 아픔만 남길 뿐이었다.

그렇다면 따뜻한 말하기도 연습한다면 좋아질 수 있을까? 말랑해진 마음으로 스스로 변화를 꿈꾸게 하는 지혜로운 말하기 방법이 있을까. 아이가 틀렸다는 전제 대신 아이가 옳다고 인정하고 시작하는 말이 무언지 생각해 보는 데서 현명한 말하기를 시작할 수 있다고 한다.

"열심히 했구나. 최선을 다했던 과정이 느껴진다."

"잘했어. 선생님이 보기엔 이런 방향으로 해보면 좀 더 좋은 결과가 나올 것 같은데 어떠니?"

"아침에 무슨 일이 있니? 일찍 등교하더니 요즘 늦는구나."

찌르는 창 같은 말 대신 인정하는 말을 듣는다면 아이들은 자신이 옳고 스스로 더 좋게 변화할 수 있다고 생각할 것이다.

따스한 공기가 흐르는 교실을 꿈꿨다. 서로를 지적하고 비난하는 말 대신 응원과 격려가 자연스레 오가는 교실을 만들고 싶었다. 여러 가지 시행착오를 겪으며 이제는 나만의 방법이 어느 정도 생긴 것 같다.

봄 운동회가 있는 5월. 학급끼리 하는 단체 줄다리기 경기를 앞두고 있었다. 아이들이 서로 배려하면서 협동심을 발휘하며 경기를 치르길 바라는 마음을 전하고 싶었다.

"우리 반 친구들이 평소에 서로 돕는 모습을 보면 이번 줄다리기 경기도 잘할 수 있을 거예요. 줄다리기는 서로 협동하는 마음만 있으면 이길 수 있는 경기예요."

내가 원하는 모습이 분명 아이들의 마음에 있다는 걸 인정하고 아이들이 발견하길 바랐다. 그래서 학급 전체 아이들의 장점으로 인정하고 칭찬해 주었다. 스스로 인지하고 연습 과정에서 협동심을 키워 가길 바라는 마음이었다.

"선생님은 사회 수업 시간에 모둠별 프로젝트 활동을 보면서 우리 반 친구들이 서로 배려하고 잘 돕는 모습이 훌륭하다고 생각했어요." 관련된 장점을 모아서 개인별, 학급 전체를 칭찬해 주었다. 그다음 단체 줄다리기를 할 때 협동하는 구체적인 방법을 알려주었다. 자리 배치 방법, 줄을 잡는 방법, 줄을 당길 때 자세를 낮추는 방법, 서로 믿는 방법 등 줄다리기를 이길 수밖에 없는 방법이라고 설명했다.

사람의 마음속에는 다른 사람에게 인정받고 싶은 욕구가 언제나 있다. 아이들의 장점을 인정함으로써 가치를 높이 평가해 주면 아이는 스스로 존중받고 있다는 느낌을 받게 된다. 그런 후에 적절한 방법을 알려주거나 제안해 주면 기꺼이 받아들이는 모습을 볼 수 있었다.

"줄다리기가 시작되자마자 몸을 뒤로 젖혀서 무게 중심을 낮게 만들면 작은 힘으로도 버틸 수 있어요. 상대편의 신체 조건이 아무리 좋아도 우리는 이길 수 있습니다."

"우리 반 친구들이 평소에 서로를 믿고 의지하는 마음을 줄다리기로 보여주세요."

"내 뒤에 친구가 버티고 있음을 믿고 뒤로 최대한 젖혀서 줄을 힘껏 당기는 거예요. 할 수 있지요?"

좋은 분위기를 조성하고 아이들에게 할 수 있다는 마음을 고무시켰다. 긍정적인 교실 분위기와 할 수 있다는 마음으로 공감대가 형성됐다면 경기 결과의 승부는 상관없다. 경기에서 이겼다면 더 큰 칭찬으로 인정하면 되고 졌더라도 경기 중 발휘한 협동심을 집중해서 칭찬하면 된다.

"역시 우리 반 친구들이 서로 믿고 협동한 결과로 이번 경기에서 이겼어요. 선생님은 이길 거라고 믿고 있었어요."

"선생님은 이번 경기에서 여러분이 협동심을 발휘해서 마지막까지 포기하지 않는 모습을 보고 감동했어요. 서로 믿고 끝까지 노력한 여러분은 대단했어요."

"오늘 경기한 모습을 보니 앞으로 어떤 경기를 하거나 프로젝트 활동을 할 때도 오늘처럼 서로 믿고 협동할 거라 믿어요."

아이들에게 경기 마친 소감을 물어보면

"친구들과 줄다리기해 보니 힘들었지만, 함께 하니 재미있었고 서로 도와서 경기에서 이길 수 있었던 것 같아요."

"비록 경기는 졌지만 앞으로 다른 경기를 한다면 더 잘할 수 있을 것 같아요. 우리 반 친구들에 대한 믿음이 생긴 것 같아요." 아이들은 이렇게 대답할 것이다. 아이들이 생각했으면 하는 부분을 방점을 찍어 먼저 물어봐 주면 아이들은 신기하게도 그에 알맞게 생각하고 반응했다.

선한 목적을 지닌 한마디의 말이 모이면 아이들의 행동을 변화시킬 수 있다고 믿는다. 아이들끼리 서로를 향한 말 또한 달라지게 할 수 있다. 내 마음을 바꾸면 숨어 있던 아이들의 좋은 모습을 발견할 수 있었다. 아이들이 하는 모든 행동에는 이유가 있었다. 그 이유에는 긍정적인 동기가 하나 정도는 있기 마련이다. 잘못된 행동을 했더라도 긍정적인 동기를 읽어주면 아이들은 나의 말에 귀를 기울여주었다. 그리고 아이들과 나누고 싶은 이야기가 이루어지고 또 다른 힘을 만들어냈다. 상대의 마음을 진심으로 이해하고 긍정해주는 말이 모이면 쇠도 녹일 만큼의 큰 힘이 된다.

# 꿈에 닿게 하는 말

아이들의 마음을 편하게 해주는 만큼 교사가 도달할 수 있는 곳은 높아진다.

이 문장은 읽을수록 새로운 꿈을 꾸게 하는 힘이 있는 듯하다. 아이들과 함께 지향점에 다다른 모습을 그리는 것만으로도 기분이 좋아지고 하루를 시작하는 에너지를 얻곤 하기 때문이다. 원하는 만큼 수업이 잘 되었을 때와 바라는 대로 아이들이 성장하는 모습을 볼 때가 바로 목표 지점에 가까워진다고 느끼는 순간이다.

그렇다면 아이들 마음을 편하게 해준다는 건 어떻게 해주는 걸 의미할까. 우선 아이들의 마음을 잘 헤아려야 할 텐데 그러기 위해선 잘 들어주고 잘 물어봐 주는 '듣기 말하기'가 마음 헤아리기의 기본이 될 것 같다. 마음을 읽어주고 빛나는 부분을 찾아주는 말은 아이들 마음을 햇살처럼 비춰 밝고 따뜻하게 만들어 준다고 믿는다. 마음이 환해진 아이들이 내가 이끄는 방향으로 기꺼이 따라와 주었던 좋은 기억들이 그 믿음을 지탱해주고 있다.

마음을 헤아리고 더 나은 방향으로 나아가게 하는 언어 활용 방법으로 NLP 기법이 있다는 것을 알게 되었다. NLP는 신경 언어 프로그래밍(Neuro Linguistic Programing)을 줄여서 부르는 말이다. 이는 인간의 행동, 사고, 감정을 이해하고 변화시키는 데 초점을 둔 실용 심리학의 한 분야로 핵심 개념은 다음과 같다.

- 인간의 모든 행동은 과거 경험으로 습득한 패턴에 의해 결정된다.
- 언어는 우리의 생각과 행동에 영향을 미치는 강력한 도구이다.
- 생각과 행동 패턴을 변화시키면 원하는 결과를 얻을 수 있다.

NLP의 뜻을 쉽게 표현하면 목표 성취를 위한 의사소통 기법이라 할 수 있다. 이 기법을 교실에서 어떻게 적용할 수 있는지 교사의 발문과 연관 지어 설명해보려고 한다.

먼저 '왜'와 '어떻게' 이 두 단어의 차이를 예로 살펴보자. 아침에 한 아이가 지각했다. 1교시 수업 중 교실에 들어선 아이에게 무슨 말을 하겠는가? 보통 '왜 늦었어?'라고 묻는 경우가 많을 것이다. 이 말을 들은 아이는 혼나는 느낌을 받는다. 그러면 아이는 변명거리를 찾게 마련이다. 엄마가 깨우지 않아서, 집에 무슨 사정이 있어서, 알람이 울리지 않아서 등. 이 '왜'라는 단어는 상대방을 부정적인 생각의 울타리 안으로 집어넣는다. 핑곗거리를 찾아서 어떻게든 자신을 합리화하고 옳다는 것을 증명하게 한다. 나아가 반항심마저 생기게 한다. 이렇게 부정적인 문제가 따라오면서 악순환에 빠진다.

'왜 늦었어?'라는 질문 대신 '앞으로 어떻게 늦지 않게 올 수 있을까?'라는 질문을 한다고 해보자. 아이의 뇌는 변명보다 어떻게 하면 늦지 않을지를 생각하게 될 것이다. 지각하지 않기 위해 노력할 거라는 전제가 이미 질문에 깔려 있기 때문이다. 나는 지각하지 않는 학생임을 증명하기 위해 적극적으로 지각하지 않는 방법을 생각하고 실천할 것이다. 이렇게 되면 선순환이 이루어질 수 있게 된다.

아이가 변명거리를 찾느냐 잘할 수 있는 방법을 찾느냐는 교사의 질문에 달려 있다. 질문 한 마디로 문제 행동을 일삼는 골칫덩이가 될 수도 있다. 또 긍정적인 자아상을 자각하고 더 나은 모습으로 발전하게 할 수도 있다. 이렇게 교사의 짧은 질문 한 마디의 차이가 가져올 영향은 브라질에서 한 나비의 날갯짓이 텍사스에 돌풍을 일으킬 수도 있다는 나비 효과만큼이나 크다.

두 번째는 잠재의식을 활용한 발문 방법이다.

말의 초점에는 숨겨진 비밀이 하나 있다. 바로 사람의 잠재의식은 부정어를 처리할 수 없다는 것이다.

지금부터 빨간색 양은 생각하지 말자. 푸른 초원 위에 무수히 많은 양 떼 중 유일한 빨간색 양 한 마리를 절대로 떠올리면 안 된다.

이 문장을 읽으면 어떤 장면이 떠오를까? 양 떼 중 유일한 빨간색 양이 떠오를 것이다. 바로 이것이 말의 영향이다. 언어는 우리 신경에 반응을 끌어낸다. 학교에서 돌아온 아이에게 엄마가 물어본다.

"학교에서 누가 또 힘들게 했니?"

엄마의 질문을 듣고 아이는 누가 나를 힘들게 했는지에 초점을 두고 생각할 것이다. 아마도 잊고 있던 힘든 일마저 떠오를지도 모른다.

시험 전 교사가 "긴장하지 말아요."라고 말한다면 아이들은 자연스레 긴장할 수밖에 없다. '빨간색 양'을 언급하기 전까지는 빨간색 양에 대해 생각하지 못하지만, 빨간색 양이란 말들 듣고 자연스럽게 머릿속에 빨간색 양이 떠오른다. 이처럼 긴장하지 말라는 말 대신 "선생님은 여러분이 시험 잘 볼 거라 믿어요. 편안한 마음으로 보세요."라고 말한다면 아이들의 마음이 안정되고 시험에 집중할 수 있을 것이다.

발문 때마다 조심스럽게 단어를 선택한다는 것은 쉽지 않은 일이다. 늘 조심하고 싶어도 어려운 일이 말하기인 듯하다. 그래서 더욱이 아이들에게 하는 말은 계획하고 준비해야 한다는 것을 해를 거듭하며 깨달아 간다. 나의 한마디 말로 행동에 선순환을 불러오고 아이들의 잠재의식에까지 영향을 줄 수 있다는 사실을 잊지 않으려 한다. 그리고 이 같은 사실을 최대한 활용해서 아이들의 성장에 도움을 주고 싶다.

학기가 시작되기 전 내가 맡을 학급 아이들은 자존감이 높고 자신감이 충만하며 학급에 대한 소속감과 서로에 대한 배려심이 크다고 믿고 시작한다. 아이들 스스로 우리 반을 아끼고 사랑하고 친구들 모두가 그러하다고 여긴다. 그 마음으로 아이들을 바라보고 대하려고 한다. 좋은 방향을 보게 하는 말로 긍정적인 자아상을 심어주려 한다. 중간에 포기하고 싶을 때도 있지만 아이들의 무한한 가능성을 믿고 하루라는 구슬 꿰어간다. 그렇게 1년이란 시간이 쌓이면 내가 꿈꾸는 자아상에 성큼 가까워져 있는 아이들의 모습을 볼 수 있다. 성장한 아이들의 모습을 볼 때야말로 교사로서 가장 행복한 순간이다.

항상 아이들을 향한 마음 온도를 적정하게 유지하고 싶다. 마음을 녹여줄 만큼의 따뜻함을 잃지 않으려 한다. 생각처럼 잘되지 않더라도 마음만큼은 차갑게 식지 않았으면 한다. 나를 다독이고 성장을 위한 공부와 다양한 시도를 해보려고 노력한다. 사랑과 긍정의 메시지를 담은 말로 아이들이 지향점에 다다를 수 있도록 돕고 싶다. 말의 힘을 믿는다. 성장하게 하는 말들이 모이면 하늘이 열리고 저 높은 꿈에 닿을 수 있도록 한다는 것을.

제3장

# 갈등을 풀어주는 말

# 공감이라는
# 숙제

2023년 7월 27일 한국 교원단체 총연합회에서는 교사를 대상으로 한 〈교권 침해 인식 설문조사〉 결과를 발표했다. 설문에 참여한 3만 2,951명 중 99%가 자신을 '감정 노동자'라고 여기며 가장 스트레스를 느끼는 주요 대상으로 학부모(66%)와 학생(25.3%)을 꼽았다고 한다.

위키백과에서는 감정 노동을 직장인이 사람을 대하는 일을 수행할 때 조직에서 바람직하다고 여기는 감정으로 자신의 감정과는 무관하게 행하는 노동이라고 정의한다. 이는 실제로 느끼는 감정과 다른 감정을 표현해야만 때 발생하며 이로 인한 감정적 부조화는 스트레스로 심한 경우 질환 등으로 이어지기도 한다.

나는 감정 노동자인가?

자신에게 물어본다. 학부모의 민원 전화에 대응하기 위해 교실 전화기에 녹음기를 설치해 주는 현실을 보자면 감정 노동자인 듯하다. 예상치 못한 민원이나 폭언을 들었을 때도 바로 부정적인 감정을 드러내기 어려워 속으로 끙끙 앓는 일도 있으니 감정 노동자가 맞는 것 같다. 하지만 이런 어려움을 감정 노동이라는 슬프고 무겁게만 느껴지는 단어로 묶어버리기에는 무언가 아쉬움이 남는다.

내 마음이 힘들거나 컨디션이 안 좋을 때는 아이들의 이야기를 오롯이 듣고 공감해주기란 쉽지 않았다. 많은 아이를 상대해야 하거나 해야 할 업무가 눈앞에 있을 때도 그러했다. 더욱이 누구나 듣고 싶지 않을 법한 민원을 듣고도 억지 공감을 했을 땐 공감이 숙제 아닌 숙제가 되어버린 것 같았다. 감정을 외면한 채 의무적으로 공감했다는 생각이 들 때면 정작 공감이 필요한 사람은 나인 것만 같았다.

공감하기 어려운 현실이라는 이유로 하기 싫은 숙제처럼 저만치 미뤄놓은 건 아닌지 되물어본다. 어쩌면 무조건 내 감정을 누르면서 상대의 기분에 동조해 주며 이야기를 잘 들어주어야만 공감이라고 생각했던 건 아닐까. 내가 아이들을 선입견 없이 바라보고 이야기를 들어준 적이 언제였나 기억을 더듬어 본다. 존재 자체에 관심을 기울여 바라보았던 적이 있었던가. 아이들에게 귀 기울였을 때는 다툼이 생겨 중재가 필요하거나 상담할 일이 있을 때 즉, 들어야만 하는 때가 아니었던가. 나의 시선에서 아이의 존재가 사라지고 문제 행동만 남았던 건 아니었나. 공감이 의무처럼 되었을 때 숙제가 되고 노동이 되었다.

알비노. 한자로는 백색증(白色症)이라고 한다. 선천적으로 멜라닌 색소를 못 만들어 피부가 하얗게 보이는 증상이다. 17,000명 중 한 명꼴로 희귀하게 나타나는 증상이라고 한다. 담임했던 아이 중에 백색증이던 남자아이가 있었다. 입학식 때 만난 유민이는 새하얀 피부와 은발에 가까운 머리카락, 눈동자는 회색이 섞인 옅은 푸른빛을 띠고 있어 백인이 아닌가 착각할 정도였다. 유민이의 사정을 알게 된 건 학기 초 유민이 어머니와 상담할 때였다.

"너 미국에서 왔어? 눈이 왜 파란색이야?"

호기심 가득한 친구들의 질문이 이어졌다. 명랑하던 유민이는 점점 의기소침해졌다. 후드티에 달린 모자를 깊숙이 뒤집어쓰고 등교하는 날이 많아졌다.

"요즘 유민이 기분이 안 좋아 보이네. 무슨 일 있니?"

"친구들이 나보고 미국 사람이냐고 자꾸 놀려요."

"그런 일이 있었구나. 친구들이 놀리는 것 같아 속상했니? 유민이가 피부도 하얗고 잘 생겨서 친구들이 그런다고 생각했는데 선생님이 잘 모르고 있었네. 친구들 말을 들었을 때 기분이 어땠어?"

"나는 미국 사람도 아닌데 계속 얘기해서 기분 나빴어요. 나만 이렇게 생긴 것 같아서 창피해요."

"기분 나쁘고 창피했구나. 그래서 요즘 모자도 자주 쓰고 오는 거니?"

"네, 맞아요."

“선생님은 유민이만 다르다고 생각하지 않아. 우리 반 친구들 모두 생김새가 다르잖아.”

그 후로 수업 중에는 우리가 다르게 갖고 태어나는 아나톨의 냄비인 외모, 성격, 장단점 등에 상관없이 모두 소중하다는 메시지를 기회가 있을 때마다 말해주었다. 유민이에게는 선생님이 항상 관심을 가지고 바라보고 있다고 느끼게 해주고 싶었다. 이런 내 마음을 아는지 유민이는 조금씩 밝아졌고 더 이상 후드티 모자는 쓰지 않았다.

유민이를 보면서 나도 그동안 아이들에게 선입견이 많다는 걸 알았다. 아이들의 외모, 성적, 성격, 부모님 등의 외적 조건의 중간 필터를 씌워서 보고 있었다. 그리고 유민이가 그동안 느껴왔을 어려움을 백반증 아이가 겪는 차별 문제로 대상화한 채 유민이란 존재를 소외시킬 뻔했다는 생각도 들었다.

시간이 흐르면서 익숙해진 아이들은 더 이상 유민이의 외모 이야기를 하지 않았다. 오히려 유민이가 “나 미국에서 왔잖아.” 하고 웃으며 농담하는 일도 있었다.

아이의 말을 들었다고 내용이 모두 이해되거나 공감이 저절로 되지는 않았다. 잘 모르면 물어봐야 하는데 이해되지 않아도 넘어간 적도 많다.

그런데도 공감하려니 더 어렵고 힘들었다. 문제 해결에만 급급해서 어서 빨리 처리하고 싶었다. 그럴 때면 공감이 노동처럼 고된 일이 된 듯했다. 하지만 아이 존재에 관심을 가지면 궁금한 것도 생기고 아이와의 대화가 자연스러워졌다. 모르겠으면 질문했고 내가 이해한 만큼만 공감했다. 억지로 하려고 하지 않았다.

지치고 힘들 때면 나에게 물었다. 내 감정이 곧 지금의 나라는 말을 떠올렸다. 현재 느끼는 감정이 무엇인지, 나를 가장 힘들게 하는 게 무엇인지, 어떻게 하고 싶은지 묻고 또 물었다. 너무 힘들다 싶을 때는 애쓰지 않았다. 나와 아이 모두 소중한 존재임을 인정하며 대화할 때 의무로서 하는 공감이 아닌 진실한 공명이 일어나는 것 같았다.

공감은 너와 나를 동시에 살리는 일이라고 한다. 이제는 아이들에게 무언가 해주어야 한다는 조바심을 내려놓고 가만히 들어주고 물어봐 주려고 한다. 문제를 해결해주고 싶다는 마음을 앞세우기보다는 그저 마음을 읽어주고 내 마음을 나누고 싶다. 아이들을 이해하고 싶은 존재가 곁에 있음을 알려주고 싶다. 그러다 행운이 따른다면 한마음으로 포개어지는 순간이 올지도 모른다. 그 순간의 울림이 너와 나의 마음속 불꽃이 되어 살아가는 힘이 되었으면 한다.

# 다시 일으켜 세우는 것도, 말

선생님, 안녕하세요. 재훈이 엄마 이혜진입니다.
체험학습에 '공교육 멈춤의 날 참여'라고 기재하면 반려된다는 소문이 있어 뭐라도 적어 보았는데 부족하면 연락해 주시기 바라요. :)

큰 슬픔을 견디기 위해서 반드시 그만한 크기의 기쁨이 필요한 것은 아닙니다.
때로는 작은 기쁨 하나가 큰 슬픔을 견디게 합니다.
우리는 작은 기쁨에 대해서 인색해서는 안 됩니다.
마찬가지로 큰 슬픔에 절망해서도 안 되고요.
_신영복 선생님

저희의 작은 행동이 선생님께 작은 기쁨이 되길 바라며 응원합니다.
마음속 깊이 진심으로♡
너무 슬퍼하지 마시길, 너무 분노하지 마시길, 너무 힘들어하지 않으시길 바라봅니다.

"선생님, 요즘 많이 힘드시죠?

선생님 힘드신데 조금이나마 도움이 되고 싶어서 우리 반 아이들이 단체로 체험학습 신청하려고 해요."

연구실에서 같은 학년 선생님들과 모여 회의하던 중에 하이콜 벨 소리가 울렸다. 반 대표 준서 어머니다. 얼른 핸드폰을 들고 연구실 밖으로 나갔다. 맞은 편 1반 교실로 들어가 통화 버튼을 눌렀다. 준서 어머니는 9월 4일 공교육 멈춤의 날에 반 전체가 동참하려고 한다고 했다. 눈물이 왈칵 쏟아졌다.

9월 4일은 서이초 선생님의 49재를 추모하고 공교육 정상화를 위해 전국 선생님들이 멈춤을 선택한 날이다. 그날 학교에 올 우리 반 아이들과 오지 않을 선생님들 반을 챙겨야겠다고 생각해 왔다. 당일 일정이 잡힌 생존 수영 수업은 어떻게 해야 하나 걱정했다. 하지만 이런 내 생각이 이분법으로 편 가르기 하는 듯한 학교 분위기에 묻혀 하찮아지는 것 같아 내내 불편하고 씁쓸했다.

준서 어머니는 이런 내 마음을 아는 것처럼 말을 이어갔다.

"저희가 해드릴 수 있는 게 이것밖에 없네요. 선생님, 힘내세요. 아직 연락이 안 되는 두 분이 있는데 제가 다시 연락드리려고 합니다."

눈물범벅이 된 얼굴로 훌쩍이며 대답했다.

"준서 어머니, 감사합니다. 영원히 잊지 못할 것 같아요."

아이들이 가지고 오는 체험학습 신청서에는 어머니들의 응원 메시지가 쓰여 있었다.

'학교의 재량 휴일을 기다리다가 어떤 위로와 응원을 드려야 할지 몰라 신청서를 작성했습니다. 어떠한 선택을 하시든 저는 지지와 응원을 보낼 것입니다.'

'아이와 함께 선생님에 대한 감사한 마음과 교육의 참 의미에 대해 생각해보는 시간을 가지려 합니다. 더불어 학교란 어떤 곳인지 그 의미에 대해서도 묵상해 보겠습니다. 함께 살아가는 사회에서 우리 모두 연결되어 있음을, 더불어 살아가기 위해서 갖춰야 할 도덕성이 무엇인지 이야기 나누어보겠습니다.'

다음날 하윤이가 가져온 체험학습 보고서에는 색연필로 곱게 색칠한 그림이 그려져 있었다. 상처에 밴드를 붙이고 눈물 흘리는 하트 모양과 다시 활짝 웃고 있는 하트 모양이었다. 그 아래에는 비포, 애프터라고 적혀 있었다. 그리고 그림 아래에는 '내가 꿈꾸는 학교는 아주 힘든 일이 있어도 해결할 수 있는 학교'라고 쓰여 있었다. 학부모님과 아이들의 메시지는 그 어떤 말보다도 위로가 되었고 그동안의 힘듦이 한꺼번에 씻겨 내려가는 듯했다.

지난주 여의도 집회에서는 서이초 선생님의 대학 동기 선생님이 하늘에 쓴 편지를 낭독했다. 친구의 이름을 부르며 너의 이름은 이제 없고 그저 서이초 교사로 남았다며 절규했다. 움직임의 불씨가 되었지만 정작 자신의 이름을 잃어버린 존재가 된 것 같아 슬프다 했다. 검은 옷을 입고 바짝 붙어 앉아 있던 사람들의 어깨가 들썩였다. 참아야만 할 것 같은 눈물이 흘렀다. 고유한 한 생명으로 소중한 삶을 이어가지 못한 현실이 안타까웠다.

함께 어깨를 들썩이던 선생님들의 마음, 작은 기쁨이 되고 싶다는 어머니의 마음, 어떤 행동에도 지지를 보내주겠다는 마음, 더불어 살기를 소망한다는 마음, 위로하고 응원하는 마음이 나에게 힘이 되고 희망이 되었다. 아이들과 학부모들에게는 항상 무언가를 주어야만 한다고 생각해 왔다. 하지만 착각이었다. 내가 그동안 얼마나 큰 사랑을 받아왔는지 미처 깨닫지 못했다. 어쩌면 아이들의 교육 현실에 대해 나보다 더 고민하고 아파했을지도 모른다. 이런 사실을 위로와 응원의 메시지를 받고 깨달았다. 우리는 모두 연결되어 있고 같이 느끼고 아파한다는 것을.

가끔은 작은 위로의 말 한마디가 살아갈 희망이 될 때가 있다. '미안합니다.' 이 한마디는 소원해진 사이를 이어주고 냉담하던 마음에 온기를 불어넣어 준다. '고맙습니다.' 이 한마디는 당연하게만 여기던 것들이 선물 같은 존재였음을 깨닫게 해준다. '사랑해요.' 이 한마디는 너와 내가 있음이 얼마나 소중한지 확인해주고 '힘내세요.' 이 한마디는 쓰러져 있는 마음을 일으켜 세울 용기를 줄 수 있다. 작은 위로가 지닌 힘을 함부로 단정할 수 없는 이유이다. 누군가는 이 짧은 한마디로 평생을 걸어갈 힘을 얻을지도 모른다.

[실패를 경험한 아이의 마음을 포근하게 감싸주는 말]

괜찮아, 누구나 실수는 한단다.
최선을 다한 것을 잘 알고 있어. 잘했다. 지금으로도 충분하게 멋지다.
선생님은 네가 이번 일을 잘 이겨낼 거라 믿는다.
이번 일을 기회로 좋은 경험을 했으니 다음에는 더 잘할 거라고 믿어.
힘내자.
어떤 힘든 일이 있어도 너를 쓰러뜨릴 수는 없다는 사실을 잊지 말자.
사랑한다. 무슨 일이 있어도 너는 사랑스러운 소중한 존재란다.
아무리 네가 실수를 한다고 해도 선생님은 너의 존재가 더 중요하단다.
네가 잘할 때도 못 할 때도 선생님은 늘 같은 마음으로 응원하고 있단다.
네가 성공했든 실패했든 너의 행복한 마음이 제일 중요해.
실수는 배움의 기회를 주는 거란다. 이번 일을 계기로 앞으로 더 잘할 수 있으리라 믿어.
실패를 통해서 더욱 성장할 너의 모습이 많이 기대된다.
실패를 담담하게 받아들일 줄 아는 너의 모습이 참 멋지구나.

지금 아프고 힘들어도 미래에는 더 멋진 모습으로 우뚝 설 수 있을 거야.

네가 힘들 때는 항상 선생님이 옆에 있단다. 친구들도 모두 너를 응원해주고 있어.

누구나 지금처럼 힘든 시간을 겪는단다. 하지만 이 시간을 통해서 더 멋지게 성장하는 거란다.

마음이 힘들다면 선생님에게 이야기해 주렴. 선생님은 언제든 들을 준비가 되어 있단다.

지금은 충분히 힘들어해도 괜찮아.

힘든 시간이 너에게 밑거름이 되어줄 거야.

넌 반드시 다시 일어날 거라고 선생님은 믿는단다.

## 내면이 단단한 말 그릇이 되려면

말에는 한 사람의 인생이 담긴다. 살아오면서 경험한 모든 것이 고스란히 담긴다. 보고 듣고 읽고 느낀 모든 것들이 차곡차곡 쌓여서 현재 내 말의 역사가 된다. 나만의 빛깔을 지닌 말 그릇은 고유의 향기를 지니고 지금의 내 마음을 고스란히 보여준다.

나도 모르게 아이들에게 말날이 서 있다 느낄 때면 나에게 묻곤 한다. 지금 부담되거나 힘든 점이 무엇인지. 나를 가만히 들여다본다. 그리고 엉킨 실타래를 풀 때 꼬인 첫 부분을 찾아내려 실을 잡아당기듯 말의 근원을 따라 거슬러 올라간다. 올라가서 이내 도착한 곳은 '잘 해내고 싶은 마음에 비해 내 안의 에너지가 부족함'이라는 방전되기 직전 배터리 같은 속마음인 경우가 대부분이다.

뾰족한 말이 방전 포비아가 보내는 신호라고 느꼈을 때는 내 마음을 먼저 다독여야 함을 예전에는 알지 못했다. 이제는 사랑도 에너지도 고

갈되기 전에 채워주어야 함을 알아간다. 또한 마음을 단단하게 다듬어 갈 때 비로소 나의 말 그릇도 단단해짐을 느낀다. 깊고 단단한 말 그릇 안에 비로소 아이들의 마음을 담을 여유라는 공간도 생겨나는 듯하다.

"거짓말 치고 있네."

나한테 한 말인가 싶었지만 맞았다. 5교시 수업 중 급식 메뉴에 대한 말이 나왔다. 학교에서 나올 수 있는 메뉴와 맛인가 싶은 정도로 급식이 유난히 맛있는 학교였다.

"우리 학교는 선생님이 지금까지 먹어 본 중에 가장 맛있는 급식이 나오는 학교야." 나의 말을 듣고 무심코 재희의 입에서 튀어나온 대답이었다. 당황한 아이들이 재희를 쳐다보며 웃었다. 재희도 당황한 듯 얼굴이 굳어졌다. 재희의 착한 심성을 알고 있었기에 농담으로 웃어넘겼다. 하지만 순간 스쳐 간 생각은 꼭 잡아두고 싶었다.

'내 말을 들은 아이들이 어떤 생각을 할지 예측할 수 없겠구나.' 아이들 머릿속에 맴도는 무수한 말들은 반말, 욕설, 비아냥 그 무엇도 될 수 있음을 잊고 있었다.

생각만큼 자유로운 것이 또 있을까. 그러니 생각을 담는 말도 자유롭게 나오는 것은 자연스러운 일이다.

우리가 서로의 마음을 헤아리며 조심스럽게 말해야 하는 기본적인 이유이다. 상대의 말을 듣고 순간의 감정에 휘둘리지 않고 본질을 구분해서 담을 수 있는 지혜와 내면의 단단함을 바라는 까닭이기도 하다.



어려움에 흔들리지 않고 자신을 믿고 나아갈 힘을 타고난다면 좋겠지만, 그런 사람이 얼마나 될까. 하지만 다행히도 근육운동으로 근력을 키워 가듯 마음의 단단함도 만들어갈 수 있다는 연구가 있다. 캐런 레이비치라는 심리학자는 『The resilience factor: 7 essential skills for overcoming life's inevitable obstacles(학습 가능한 7가지 회복 탄력성의 기술)』(2002)을 발표했다. 감정의 자각과 조정, 충동 조절, 낙천성, 인과관계 분석, 공감, 자기 효능감, 성장이 그 내용이다. 이 7가지 기술 중 '감정의 자각과 조정'이라는 대목에 다시 눈길이 간다. 감정을 느끼고 조정하는 것을 학습하고 다듬어갈 수 있다니 왠지 더 희망이 느껴진다.

사람은 기운이 아닌 기분으로 하루를 살아낸다. 오늘 지금 내 기분이 어떤가? 기쁜가, 슬픈가, 즐거운가, 짜증 나는가, 하늘을 날아오를 듯 행복한가. 진짜 감정을 알아차려야만 지금의 나를 알 수 있다고 한다. 감정이 존재의 핵심인 셈이다. 흘러가는 혹은 오랫동안 내 안에 머물러 있는 감정을 알아주고 보듬어 주는 것이 성찰의 시작이다. 그래야 내가 원하는 감정도 선택할 수 있다. 지금의 기분을 느끼고 좋은 기분으로 조절해주는 반복 훈련이 다시 일어나 하루를 사는 힘이 된다.

무엇보다 가장 중요한 것은 자신의 건강을 돌봐주는 일이다. 충분한 수면과 건강한 식습관, 규칙적인 운동이야말로 건강을 유지하고 스트레스를 관리하는 필수 조건이다. 충분한 휴식을 나에게 허락해야 한다. 말로 사람을 살리는 것이 직업인 교사에게 말은 수단이자 도구이다. 아이들에게 쏟아낸 말을 돌아볼 시간이 필요하다. 말로 지친 마음에는 쉼이 필요하다. 몸과 마음을 헤아려주는 휴식과 치유의 시간이 반드시 있어야 한다. 우선 멈추고 쉬어야 한다. 쉬어야 몸도 마음도 여유가 생긴다. 여유 있는 마음에서 여유 있는 말이 나오고 무수한 말을 담아낼 수 있는 말 그릇의 여백이 만들어진다.

나를 이해하고 제3의 눈으로 나를 바라보는 지혜가 있다면 좀 더 단단한 내가 될 수 있지 않을까. 나에 관하여 메타적으로 생각하는 힘을 키우는 방법은 일기 쓰기였다. 일상을 기록하며 내가 느낀 감정을 헤아려보면 어느덧 마음이 차분해졌다. 이야기된 고통은 더 이상 고통이 아니라고 했다. 힘들었던 하루도 글로 적으면 내 마음을 떠난 그날의 이야기가 됐다. 하루의 이야기가 쌓이면 지난날의 기록이 되고 나만의 역사가 된다. 내가 걸어온 길을 더듬어 보면 내가 어떤 사람이고 어떤 선택을 하며 나아가야 할지 알 수 있었다.

내가 나아갈 길을 자신 있게 걸어갈 수 있다는 자신감을 바탕으로 나의 강점과 약점을 객관적으로 이해하고 받아들일 수 있어야 한다. 약점을 보완하려면 어떻게 해야 할지 분석하고 실천해야 한다. 더 큰 좌표

속에서 현재의 나와 상황을 볼 수 있는 눈을 키워야 한다. 어려운 일이다. 하지만 나에게 닥치는 어려운 상황을 기꺼이 경험하고 성장하겠다는 의지야말로 단단한 나를 만들어가는 필수 요소일 것이다.

교사의 꿈을 이루면 행복할 줄만 알았다. 하지만 건강이 나빠지고 감당하기 힘든 아이들과 학부모들을 만났을 때는 교직에 대한 회의감이 들었다. 정말 내 길이 맞나? 이제라도 다른 길을 찾아야 하나? 고민하고 고민했다. 가르치는 일의 의미를 찾지 못했다. 마음이 무너지는 만큼 몸도 함께 약해졌고 내 마음 그릇은 점점 쪼그라드는 듯했다.

인생이란 두 개의 산을 오르는 일과 같다고 했던 데이비드 브룩스의 말이 떠오른다. 첫 번째 산에서 우리는 인생 과업을 수행한다. 정체성을 확립하고 재능을 연마하며 세상에 발자취를 남기려 노력한다. 그러다 누구는 정상에 오르고 누군가는 산을 오르다 실패한다. 그리곤 모두 고통의 계곡에서 방황한다. 그러다가 두 번째 산을 오르게 된다고 한다. 두 개의 산 사이에 놓인 계곡을 자기 발견과 성장의 계기로 삼아 다시 오르는 것이 인생이라고 한다.

돌아보면 힘들었던 시절은 두 개의 산 사이의 계곡에서 헤매던 때였다. 첫 번째 산에 오르고 난 후 만난 당혹스러움과 고통 속에서 방황했다. 두 번째 산에 다시 오르도록 용기를 주었던 건 사람들이었다. 다시 돌아간 학교에서 만난 동료 선생님들과 아이들과 지내며 다시 시작할 힘을 얻었다. 두 번째 산을 오르며 나를 새롭게 발견하고 전과는 다르게 살고 싶어졌다. 힘든 것도 다시 에너지를 얻는 것도 사람들이라는 걸 깨달았다. 이제는 역경을 잘 헤쳐 나가는 나를 응원해 줄 사람들이 있다는 사실을 잊지 않으려 한다.

내가 힘을 얻었듯 이제는 나도 누군가에게 힘을 주는 존재가 되고 싶다. 내 안에 좋은 생각과 힘이 되는 따스한 말을 많이 담아 두려고 한다. 고이 담아둔 좋은 말들을 아이들과 함께하는 이들에게 들려주고 싶다. 교단에 서 있는 마지막 순간까지도 내가 하고 싶은 일이다.

아침에 눈을 떠 맞이한 오늘 하루는 누군가에게 받은 선물 같다. 감사의 마음으로 하루를 시작하면 힘이 나고 오늘이 더 행복해진다는 것을 느낀다. 나를 투명하게 들여다보고 나에게 필요한 힘을 키우고 싶다. 내 안을 건강한 에너지로 채워 둥근 말, 따스한 말을 하고 싶다. 내 안에 가득한 사랑 에너지가 흘러나와 아이들에게 닿을 때 키워주는 말이 되고 살리는 말이 될 거라는 믿음으로 하루를 시작한다. 말의 가능성을 믿는다.

## 화내는 데에도
## 방법이 필요해!

"친구가 나를 화나게 하면 어떡하죠? 내가 그 순간 화를 안 내면 나를 얕볼 것 같아요."

도덕 시간이었다. 내 마음의 빈 그릇을 무엇으로 채우고 싶은지 생각해보는 활동을 하고 있었다. 아이들은 저마다 마음속에 담고 싶은 것들을 공책에 써보고 발표했다.

내 마음의 빈 그릇에 담고 싶은 것들

- 이상한 마음을 지우는 지우개
- 행복을 담은 연필이 부러지면 깎을 수 있는 연필깎이
- 발표를 잘할 수 있는 용기
- 다른 사람의 장점을 볼 수 있는 눈
- 친구 마음에 공감해주는 마음

시의 한 구절 같은 발표가 계속되었다. 그때 기발한 아이디어를 곧잘 이야기하는 희원이가 손을 들었다.

"저는 분노를 그릇에 담아두고 꺼내지 않았으면 좋겠어요." 당황하여 다시 물었다.

"희원이 마음의 빈 그릇에 분노라는 감정을 담아두고 싶다는 말인가요?"

"네, 맞아요."

"왜 그런 생각을 하게 되었어요?"

"분노를 마음에 담아두지 않고 밖으로 꺼내면 싸움이 나기 때문이에요." 그러자 교실이 웅성거리기 시작했다.

"그런데 분노와 화라는 감정을 마음속에만 담아 놓고 꺼내놓지 않으면 더 힘들어질 거예요."

그때 준서가 말했다.

"선생님, 친구가 부모님 패드립하는 말을 하면 어쩌죠? 그럴 때 그냥 참기만 하면 나를 얕잡아 볼 것 같아요. 화를 내줘야 나를 만만히 보지 못할 것 같아요."

아이들에게도 화를 다루는 기술이 필요했던 거다. 아이들에게 화가 났을 때 어떻게 행동하면 좋을지 다음 도덕 시간에 이야기해 보기로 하고 마무리 지었다. 하지만 내심 당황스러웠다. 화가 날 때 참으라고만 할 수도 없고 뭐라고 말해줘야 할까?

우리 반 희원이는 화를 마음속에 꼭꼭 숨겨 놓으면 싸움이 안 일어날 거라고 여겼다. 우리는 대부분 희원이와 같은 생각을 하고 있는지도 모른다. 기분이 나빠도 참고 화가 나도 참아야 다툼이 생기지 않을 거라 여긴다. 하지만 화를 마음속에 쌓아두기만 하면 화병에 걸리거나 더 큰 화로 폭발해 버린다. 아이들이 갈등이나 다툼이 생기는 이유도 모두 서로의 감정을 주고받는 과정에서 방법이 서툴러서 생기는 일이 대부분이었다.

마침 상담을 받던 중이라 교수님께 조언을 구했다. 교수님은 화를 잘 내는 것에도 방법이 있다며 알려주셨다. 중요한 건 아이들이 자기감정이 뭔지 알아차리고 다른 사람에게 감정을 알려주는 것이라고 하셨다. 그리고 난 후 화를 어떻게 표출할 것인지를 연습해 보는 과정이 바로 화내는 연습이라고 하셨다. 명쾌한 조언에 머리가 맑아졌다. 바로 아이들과 해봐야겠다고 생각했다. 만약 화내는 방법을 사전에 배운다면 실제로 화를 밖으로 표출할 일이 적어질지도 모른다.

다음 주 도덕 시간 희원이에게 물었다.

"희원이가 그동안 기분이 나빴던 상황 중에서 기억나는 일을 말해볼까요?"

"점심시간 운동장에서 축구하는데 민우가 규칙을 어기고 듣기 싫은 욕까지 했을 때 기분 나빴어요."

"그랬구나. 그때 느낀 기분 나쁜 감정이 화였구나. 맞아요?"

"네."

"희원이의 화난 감정을 어떻게 했어요?"

"화나고 억울했지만, 꾹 참고 교실로 왔어요. 근데 기분은 풀리지 않고 민우가 미웠어요."

"그럴 때는 용기 내서 민우에게 희원이가 화났다고 말해주는 것이 좋아요. 만약 말하지 않거나 화났다고 같이 바로 욕을 하면 싸움으로 커질 수 있어요."

"만약 친구한테 화났다고 말했는데도 무시한다면 그때는 선생님께 도움을 요청하세요."

화났음을 말해주는 것이 중요하고 감정을 언어로 표현해야 하는 것의 필요성을 알려주었다. 간단한 해법이지만 그동안 아이들에게 짚어주지 못한 부분이었다.

교수님이 알려주신 화를 잘 내는 3단계를 나름대로 정리해 보았다.

1단계는 자기감정 읽기 단계이다. 아이들은 지금 내가 느끼는 감정의 이름을 정확하게 알지 못하는 경우가 많다. 이때 1차로 기분이 좋은지 나쁜지 구분하게 한다. 그리고 감정 단어를 알려주고 지금 기분이 화, 짜증, 분노 등의 감정임을 가르쳐준다. 스스로 감정의 이름을 붙이고 언어로 표현하도록 알려주어야 한다.

2단계는 타인에게 감정 알려주기 단계이다. 자기감정의 이름을 붙였으면 언어로 정확하게 표현하는 연습을 하도록 한다. 화가 난 상황이라면 다른 아이에게 자기감정을 알려주며 예고해야 한다.

"지금 네가 놀려서 기분이 나빠."

"내가 물어봤는데 네가 나를 무시하는 것 같아서 화가 났어."

"나 지금 화났으니까 그만해."

이렇게 말할 수 있는 용기를 갖도록 알려주어야 한다. 아이들이 자신이 느낀 감정을 언어로 표현하지 못하고 행동으로 표출하기 때문에 문제 상황이 생기는 경우가 많다. 중간 단계를 거치도록 도와준다면 아이들은 화를 조금 더 현명하게 다룰 수 있게 된다고 한다.

마지막 3단계는 행동으로 표출하기 단계이다. 의사소통에서 대부분이 감정을 읽고 알려주는 단계가 빠져 있고 바로 행동으로 표출하기 때문에 문제가 발생한다. 내 감정을 읽고 예고하면 3단계까지 가지 않게 되는 경우가 많다. 3단계까지 가게 된다는 건 상대방에게 화난 감정을 알린 상태에서도 문제가 해결되지 않았기 때문이라는 점을 스스로 알게 된다. 이때는 2단계에서 좀 더 확실하게 감정을 언어로 표현해야 함도 알려주어야 한다.

화를 눌러 담아두고만 있으면 더 큰 화가 되어 눈덩이처럼 불어날 수 있다. 언어로 표현된 감정은 얼마 가지 못해 휘발된다고 한다. 화라는 감정이 날아갈 수 있도록 이름을 붙여주고 떠나보내 줘야 한다. 아이들은 화를 다루는 방법만 알고만 있어도 갈등이나 다툼이 생겼을 때 다른 선택지가 있다는 것을 떠올릴 수 있을 것이다. 아이들의 마음속 그릇이 화라는 뜨겁고 아픈 감정 대신 행복, 용기, 공감, 희망으로 채워진 모습을 상상해본다. 행복을 담은 연필로 글을 쓰다가 이상한 마음을 지우는 지우개로 지우기도 하며, 친구의 장점을 발견하고 공감하는 마음과 용기로 채워진 아이들의 빛나는 마음을 그려본다.

# 갈등은 리프레이밍으로

버스킹 공연이 있는 아침, 학교 건물 사이 공터에 마련된 무대 주변에 아이들이 빼곡하게 들어찼다. 추첨에 뽑힌 우리 반 현우와 이준이가 〈Night Dancer〉라는 곡에 맞춰 요요를 가지고 공연했다. 손바닥에서 요요를 던지고 받고 줄을 감았다 풀었다 하며 공연했다. 우리 반 아이들은 무대 앞에 펴놓은 돗자리에 앉아 현우와 이준이의 공연을 보며 환호했다.

그 후로 우리 반 남학생들 사이에는 요요 열풍이 불기 시작했다. 다음 날 몇 명이 요요를 가지고 오더니 며칠 지나자 남학생 거의 모두가 손에 요요를 쥐고 있었다. 쉬는 시간이나 점심시간 할 것 없이 틈나는 대로 연습하고 서로 가르쳐주는 모습에서 열기가 느껴질 정도였다.

중간 놀이 시간이었다. 칠판 앞에서 요요 연습하던 윤수와 민찬이가 다가왔다.

"선생님, 저희가 좀 싸워서요. 말씀드릴 게 있어요."

"그래? 무슨 일인데?"

"현우가 요요 하고 있는데 옆에서 민찬이가 '현우는 준서보다 요요 못 하네.'라고 놀렸어요. 현우가 기분 나빠하는 것 같아서 제가 민찬이를 살짝 밀었어요."

옆에 있던 민찬이가 억울하다는 듯 말했다.

"저는 현우 못한다고 한 적 없어요. 준서가 더 잘한다고 했을 뿐이에요."

한쪽에서 여전히 요요를 가지고 연습하고 있는 현우를 불러왔다.

"현우야, 민찬이가 현우 요요 못 한다고 한 거 들었니?"

"네, 들었어요."

"기분이 많이 상했어?"

"네, 기분 나빴어요."

"그런데 민찬이에게 기분 나쁘다는 말은 안 했구나?"

"네, 안 했어요." 그때 민찬이가 풀죽은 목소리로 말을 이어갔다.

"저는 그냥 준서가 현우보다 요요 잘하는 것 같아서 말한 것뿐이에요. 현우 기분 나빠지라고 말한 건 아니에요. 그런데 윤수가 저를 밀고 때렸어요."

아이들 세 명이 서로 난감한 얼굴로 마주 보고 있었다. 왠지 서로 미안해하고 있는 것이 느껴졌다. 평소 같았으면 서로 사과하고 앞으로 잘 지내보자고 약속하도록 했을 텐데 이번엔 그렇게 하지 않았다.

"선생님이 너희들 이야기를 들으니까 윤수, 민찬이, 현우 모두 친구들 생각하고 아껴주는 마음이 느껴지는데, 어때요? 그래요?" 아이들이 고개를 끄덕였다.

"친구가 기분 나빠하는 것 같아서 도와주고 싶었고 친구에게 별다른 뜻 없이 말을 걸고 싶은 마음이었던 것 같아. 너희들의 좋은 마음이 충분히 이해가 간다." 얼어 있던 아이들의 얼굴이 조금씩 풀렸다.

"그럼, 이제 어떻게 하면 좋을까? 서로에게 해주고 싶은 말 해보겠니?"

"민찬아, 내가 너 밀어서 미안해. 현우 기분이 상한 것 같아서 내가 도와주고 싶었어. 앞으로는 말로 할게."

"나도 미안해. 다음부턴 밀거나 때리지 말고 말로 해줬으면 좋겠어."

"세 명 모두 앞으로 잘 지낼 수 있겠지? 그래 이제는 서로 위하는 좋은 마음을 다른 방법으로 표현해 보자. 잘할 수 있을 거라 믿어."

아이들이 서로 밀치고 기분 상하는 말을 한 것은 잘못된 사실일지라도 어떻게 받아들이는가 하는 것은 상황 인식의 차원이었다. 아이들 행동 이면에 숨은 뜻이 무엇이었는지를 발견하면 상황을 다르게 해석할 수 있다. 친구가 기분 나빠하는 게 걱정돼서 말한 친구를 밀쳤고 친구랑 친해지고 싶어서 하는 말이었다고 해석하면 아이들에게 해주는 말은 달라진다.

이렇게 어떤 문제에 직면했을 때 리프레이밍(Refraiming), 즉 현상에 대한 관점을 바꾸어보면 새로운 것이 보인다. 선생님의 시각으로는 아이들이 다툰 일은 꾸짖고 훈계해야 하는 일이지만 아이들에게는 친구를 돕고 싶고 친해지고 싶은 자연스러운 행동이 된다. 이렇게 아이의 시각으로 문제를 보면 갈등의 해법을 새롭게 볼 수 있다. 아이들의 행동과 상관없이 좋은 의도를 읽어주면 선생님 얘기에 귀 기울이게 된다.

사람의 모든 행동에는 긍정적인 의도와 나름의 타당한 이유가 있다고 한다. 내가 오늘 한 행동을 떠올려봐도 다 이유가 있었듯 타인도 그러했으리라. 이 사실을 알게 된 후론 다른 사람이나 아이들의 행동에 기분 상하거나 잘못된 행동이었을지라도 무언가 이유가 있으려니 하는 마음이 앞선다. 그리고 숨은 좋은 의도는 무엇이었을까 한 번쯤은 생각해 보게 된다. 매번 좋은 의도를 발견해주면 좋겠지만 그렇게 하지 못하는 경우도 많다. 그래도 필요한 상황이라는 판단이 들면 뒤집어서 생각해보고 아이들과 대화를 시도해 본다. 그러면 대화의 방향과 내용도 자연스레 달라지고 예상보다 쉽게 문제가 풀리곤 한다.

현우와 민찬이, 준서는 그 후로도 함께 모여 요요 연습하며 즐겁게 어울렸다. 사이가 좀 더 돈독해진 것같이 보였다. 서로 친해지는 과정에서 갈등은 생기기 마련이다. 그때 서로의 좋은 마음을 상기시켜 주는 일이 내가 해줄 수 있는 일이었다. 아이들의 교우관계를 억지로 좋아지게 만들 수는 없어도 내가 할 수 있는 일은 서로를 향한 좋은 마음을 찾아 따스한 말로 들려주는 것이었다.

갈등이란 단어에서 갈(葛)은 칡이고 등(藤)은 등나무를 일컫는다고 한다. 칡과 등나무가 서로 얽히고설키며 휘감아 올라가는 모습에서 갈등이란 말이 만들어졌다고 한다. 사람의 마음속에는 좋은 마음과 나쁜 마음이 항상 공존한다. 그중 좋은 마음을 읽어주는 일이 꼬였던 관계를 풀 수 있는 실마리가 되곤 했다. 좋은 의도를 알아주고 확인해주는 과정을 거치며 문제가 해결되는 행운을 누리기도 했다. 갈등이 곧 기회였다.

[갈등 해결의 5단계]

1. 사실 확인
   : 아이들끼리 다투거나 갈등이 있을 때 각자의 이야기를 들어본다. 아이들이 충분히 하고 싶은 이야기를 할 수 있게 기다려준다.
2. 숨은 긍정 의도 찾기
   : 아이들이 왜 그런 행동을 했는지 이유를 들어보고 그 안에 좋은 이유와 긍정적인 의도는 무엇이었는지 찾아본다.
3. 긍정 의도 확인해주기
   : 교사가 찾은 긍정 의도를 아이들에게 질문을 통해 확인해주고 서로 좋은 마음으로 한 행동이라는 것을 이해시킨다.
4. 긍정 의도를 충족하는 다른 대안 찾기
   : 아이들 마음의 긍정적인 의도를 충족하는 건강한 말과 행동을 스스로 찾아보게 한다.

5. 실천 의지 다지기

: 아이들이 스스로 찾은 대안을 실천할 수 있도록 격려해 준다.

# 나를 가장 사랑하는 방법, 용서

우리들.

4학년 국어책에 나오는 영화 제목이다. 주인공 선은 병든 부모님과 말썽꾸러기 동생 윤을 돌보느라 바쁜 아이다. 학교에서는 친구를 잘 사귀지 못하고 겉돈다. 반 아이들에게 따돌림 당하던 선은 전학을 온 지아와 우연한 계기로 친구가 된다. 지아는 이혼한 부모님 대신 할머니와 함께 사는 부잣집 아이다. 선은 지아와 더 친해지고 싶지만 가정환경의 차이로 조금씩 어긋난다. 선과 지아는 계속 사이가 나빠지고 지아는 반에서 따돌림까지 당하게 된다.

선의 동생 윤은 친구 연우한테 맞아 얼굴에 상처가 생긴다. 선이 속상해서 계속 맞으면서도 왜 같이 노느냐며 윤을 다그친다. 그러자 윤이 말했다.

“그럼, 언제 놀아? 연우가 때리고 나도 때리고 연우가 때리고. 그럼, 언제 놀아? 난 그냥 놀고 싶은데.” 윤의 대답에 선은 아무 말도 하지 못

한다. 선도 지아와 싸우고 싶지 않았다. 그저 지아랑 같이 놀고 싶었다. 결국 영화의 마지막 장면에서 선은 반 아이들에게 괴롭힘 당하고 있는 지아에게 손을 내민다.

아이들과 지내면서 가장 감탄할 때는 다툼을 중재할 때다. 아이들에게 화해하자고 하면 대부분 바로 그 자리에서 "미안해."라고 말하며 사과한다. 그러면 상대방 아이는 망설임 없이 "괜찮아."라고 말하며 용서해준다. 세상에서 가장 쉬운 일이 용서인 듯하다. 윤의 마음처럼 친구와 어서 빨리 놀고 싶은 마음일까. 반면, 관계가 어그러져 마음에 앙금이 쌓여 있는 사이라면 화해시키기도 용서를 바라기도 쉽지 않다. 그런 사이는 서로 거리를 두게 하다가 학년말에 결국 다른 반으로 배정하게 된다.

서로 거리 두고 놀지 못하게 하는 것만이 해법일까. 친구와 일부러 멀리 지내도 여전히 마음은 불편할 거다. 안 좋은 감정을 품고 지내는 것만으로도 힘들다는 사실을 아이들에게 알려주기만 해도 좋지 않을까. 용서하는 방법도 배우고 연습한다면 오랫동안 틀어진 사이라도 좋아질 수 있지 않을까.

채은이와 수연이의 사이가 그러했다. 도저히 좋아질 기미가 보이지 않는 사이였다. 만나기만 하면 의견 충돌이 잦았다. 되도록 멀리 다른 모둠에 앉도록 자리를 배치해 주었다. 말다툼이 생겨 조정해줄 때도 서로 의견을 굽히지 않았다. 마지못해 영혼 없는 '미안해.'라는 사과로 매듭지어도 매듭은 더욱 꼬여만 갔다. 또다시 싸울 때면 지난번 기분 나빴던 일을 소환하여 말했다.

중간 놀이 시간 교실 앞 공간을 사용하는 문제로 아이들 간에 갈등이 생겼다. 자리를 먼저 차지한 아이들이 늦게 온 아이들에게 양보해주지 않아서 생긴 문제였다. 남자아이들이 먼저 달려 나와 체스나 보드게임을 펼쳐 놓아 여자아이들이 놀 공간이 없다고 했다. 회의 끝에 요일을 나누기로 했다. 운동장에 나가는 수요일을 제외하고 월, 금요일은 여학생이 화, 목요일은 남학생이 앞 공간을 사용하고 다른 날은 교실 앞 복도나 교실 뒤편 좁은 자리를 사용하기로 했다. 그러다 정해진 요일에 앞자리가 비어 있는 경우가 종종 생겼고 또 다른 문제가 생겼다.

"아무리 사용하는 요일이라도 아무도 사용하지 않아 비어 있으면 누구나 써도 되는 거 아니야?"

"아니지. 사용하지 않기로 했으면 아무리 비어 있더라도 쓰지 말아야지. 언제든 와서 놀고 싶어질 수도 있잖아."

채은이와 수연이의 목소리가 높아졌다. 아이들이 둘을 둘러싸고 모여들었다. 결국 수연이가 울면서 소리쳤다.

"넌 왜 항상 내가 하는 말에 반대만 하는 거야?" 그리고 자리로 들어가 앉아 엎드려서 울기 시작했다.

점심시간 채은이와 수연이를 불렀다. 놀이 시간에 어떤 감정이 들었는지 물었다. 채은이는 눈시울을 붉히며 속이 많이 상했다고 말했다. 수연이는 그동안 쌓였던 감정이 폭발한 것 같다고 했다. 어떤 점이 속상했는지, 어떤 감정이 쌓였는지 자세히 말해줄 수 있냐고 물었다. 생각해 보니 그동안 아이들에게 좀 더 자세히 물어보지 못했다. 서로의 말을 들어주는 것만으로도 도움이 되는데 왜 그러지 못했을까.

"그동안 제일 힘들었던 점이 뭐지?" 채은이와 수연이는 서로 다투지 않을 때도 항상 마음이 불편하고 신경 쓰이고 힘들었다고 했다. 겉으로 사과해도 마음으로 용서하지 못하면 진정한 화해가 아니라는 걸 알려주었다. 그리고 마음에 담아 놓은 부정적인 감정이 괴롭히는 것은 상대가 아닌 나라는 사실과 내 마음이 편안해지고 행복해지기 위해 친구를 용서해야 하는 거라고 말해주었다.

수연이가 잠시 복도에 나가서 둘만 이야기하고 싶다고 했다. 채은이와 수연이는 복도 한쪽 구석에서 둘만의 대화 시간을 가졌다. 5교시 수업이 시작할 때쯤 교실로 들어오는 둘의 얼굴이 한결 편안해 보였다.

채은이와 수연이는 화해했다고 말했다. 그 후에는 신기하게도 언성이 높아질 정도로 다투는 일은 없었다.

아이들의 모습에서 나를 본다. 기분 상하게 한 사람들을 내 마음에 품고 살아가고 있는 건 아닌지. 정작 내가 품은 것이 그 사람들이 아니라 원망하는 감정이란 걸 모른 채 상처를 키워 가는 건 아닌지 잠시 멈추어 생각해 본다. 내 손이 타는 줄도 모르고 다른 사람에게 던지려고 뜨거운 석탄을 손에 쥐고 있던 건 아니었는지.

내가 받은 상처에만 골몰하면 상대에게 힘만 부여하는 것이 된다고 한다. 상처를 준 상대를 향한 미움과 원망의 마음에서 스스로 놓아주는 것이 용서이다. 과거의 상처에 내 마음을 내주면 현재의 행운에 감사할 여유가 없어질 것이다. 단순한 해법 같지만 상처를 희망으로 바꾸는 방법은 원망과 미움으로 가득 찬 마음을 감사와 기쁨으로 채우는 것밖에 없다. 용서는 나에게 베푸는 자비이자 사랑이다.

[화해와 용서를 위한 5단계 발문법]

1. 있었던 일에 대한 느낌, 감정 표현하기
 : 아이가 겪은 상황에서 무엇이 잘못되었다고 느꼈는지 힘들거나 상처받은 점이 무엇인지 물어보고 자세하게 말할 수 있도록 한다.
2. 용서의 이유가 나 자신을 위한 것임을 알기
 : 마음에 부정적 감정을 담아두었을 때 고통스럽다는 것과 용서의 이유가 내가 편안해지기 위함임을 알려준다.
3. 용서의 목표가 내 마음의 평화임을 이해하기

: 용서가 곧 화해가 아니다. 용서한다고 잘못한 사람의 행동이 정당화되는 것이 아니고 억지로 화해할 필요도 없음을 알려준다. 지금의 상처를 원망이 아닌 긍정의 이야기로 바꾸어 받아들일 수 있을지 함께 찾아본다.

4. 있었던 일에 대한 관점 바꾸기

: 고통의 이유는 상대의 공격이 아니라 내가 느낀 불편함과 마음 상한 감정임을 알게 한다. 상대방의 말과 행동이 아니라 내가 그 상황과 그 사람에 대해 어떻게 인식하느냐가 관건이다.

5. 상처 대신 긍정적인 목표 찾기

: 상처받는 경험에만 매몰되어 있으면 희망찬 미래를 그릴 수 없다. 긍정적인 목표를 가질 수 있도록 다른 길을 찾도록 안내해준다. 상처를 극복하면 희망이 된다는 것을 알려준다.

용서는 첫걸음을 내딛는 사람이 항상 승리하는 것이 아니다.
하지만 관계를 회복하고 앞으로 나아가는 유일한 방법이다.
_앨런 핑클스

# 언어 너머의 숨은 마음 찾기

무심코 던진 말 한마디가 누군가의 삶의 지표가 될 수 있지만, 별 뜻 없이 내뱉은 한마디가 상대방의 아픈 마음에 평생의 생채기를 낼 수도 있다. 칼의 상처는 아물어도 말의 상처는 아물지 않는다는 몽골 속담처럼 말이 그 무엇보다 날카로운 무기가 될 수 있음을 상기해본다. 하지만 누군가에게 희망과 용기를 주는 것 또한 수백 광년을 애써 달려와 봄이 왔음을 알려주는 봄빛과도 같은 따사로운 말임을 기억하려 한다. 이렇게 말 한마디의 중요성을 생각한다면 쉽게 입을 뗄 수가 없지만 쉽게 잊게 되는 것 또한 말의 무게감이다.

세상이란 곳에 태어난 지 얼마 안 된 아이들이 말과 글을 배우며 자라나는 곳이 교실이다. 1년 동안 아이들과 지내다 보면 어느샌가 나의 말투와 닮아 있는 아이들을 발견하는 순간이 있는데, 그럴 때면 더 좋은 말을 해야겠다는 다짐을 하게 된다.

축구 선수 생활을 하는 우리 반 기진이는 늘 축구 유니폼을 입고 등교한다. 수업을 마치면 매일 축구 훈련을 하러 간다. 지각도 자주 한다. 부상도 잦아서 학교에 오면 수업 중에도 보건실에 가는 일이 많다. 수업 중에도 컨디션이 좋지 않으면 활동에 참여하지 않으려고 한다. 학기 초 기진이를 어떻게 학교생활에 적응하도록 해주어야 할까 고민했다. 하지만 나도 모르게 기진이에게 주로 하게 되는 말은 수업에 잘 참여하라는 등의 충고였다. 그러던 어느 날 기진이에게 축구 선수 생활이 어떤지 물어보았다.

"밤늦게까지 훈련하니까 많이 힘들어요."

"그렇구나. 매일 그렇게 훈련하니?"

"네, 매일 해요. 주말에도 훈련하거나 대회 나갈 때도 있어요. 학교 오면 몸도 아프고 피곤해요."

"그랬구나. 그래서 보건실도 자주 갔구나. 그래도 매일 훈련하면서도 포기하지 않고 꾸준히 하는 것이 대견하구나. 기진이는 훈련이 어렵고 힘들지만 다 잘 해내고 싶은 거지?"

"네, 맞아요. 지난번에 시 대회에서 달리기 1등 했는데 이번 달에 있는 축구 국제 대회에서도 잘하고 싶어요. 만약 그렇게 되면 정말 다시 살고 싶은 한 달이 될 것 같아요."

다시 살고 싶은 한 달이라니! 생각지도 못한 참신한 표현에 간절함이 느껴졌다. 어쩌면 기진이가 진짜 듣고 싶었던 말이어서였을까 그동안 하지 않던 이야기가 술술 나왔다. 그리곤 아침에 등교하면 종종 쓰던 훈련일지를 보여주었다. 매일 운동하고 나서 잘한 점, 아쉬운 점, 더 연습할 점 등이 적혀 있었다. "이렇게 매일 일지까지 쓰면서 열심히 운동하고 있었구나. 대단하다. 이러면 운동 실력도 쑥쑥 늘겠는데? 앞으로 기진이가 축구 선수로 활동할 모습이 기대되는데?"

그 후로 언제부턴가 기진이의 수업 태도가 확연히 좋아졌다. 모둠 활동할 때도 혼자 안 하겠다고 하는 일도 거의 없어졌고 수업에도 열심히 참여하려는 모습이 역력했다. 말과 행동 너머의 마음을 알아봐 주어서였을까.

수업 중 아이들에게 질문하면 아이들이 대답할 준비가 될 때까지 충분히 기다려주려고 한다. 생각할 시간을 주고 정리가 되면 말할 수 있도록 격려해 준다. 생각을 정리하는 방법으로 메모나 짧은 글쓰기로 준비단계를 마련해주기도 한다. 그러면 아이들은 정돈된 생각을 들려준다. 언어로 표현하지 못하는 아이도 당연히 있다. 그럴 때는 질문에 대해 생각해 보는 것만으로도 아이에게 의미가 있을 거라고 여긴다. 생각을 정리하고 표현하는 데 걸리는 시간은 모두가 다르기 때문이다. 마음속 이야기가 세상에 나오기까지 숙성되는 과정을 소중히 여긴다.

아이들이 어려워하는 질문은 쉽게 바꿔 다시 한번 물어본다. 그리고 대답을 들을 때는 아이의 눈을 바라보며 최대한 경청한다. 정답이 아닌 경우도 어떤 식으로든 인정해 준다. 어떤 대답에도 긍정적인 부분을 찾아주려고 한다. 아이들을 최대한으로 북돋아 주는 피드백이 뭘까 찾아보려고 한다. 아이들은 어떤 말을 해도 괜찮다는 것을 알면 안정감을 느끼고 자유롭게 이야기한다.

"어떻게 그런 생각을 했니? 대단한데?"
"참 좋은 의견이야."
"선생님도 생각하지 못한 부분이야."
"어려운 질문이었는데 잘 말해주었구나!"
"그렇게 볼 수도 있겠구나. 너의 새로운 관점이 친구들에게도 도움이 될 것 같구나."
"이야기를 듣고 보니 선생님이 무엇을 더 생각해야 할지 알 것 같구나."
"너의 의견에 이러한 점을 좀 더 생각해 보면 어떨까? 조금 더 생각해 보고 말해줄 수 있겠니?"

아이들의 말을 최대한 존중해주는 분위기가 정착되면 아이들은 진지하게 자신의 의견을 말한다. 그리고 나의 말뿐만 아니라 아이들끼리도 서로의 의견을 잘 들어주는 분위기가 된다. 상대방의 말을 평가 절하하거나 무시하지 않고 존중하는 분위기가 싹튼다.

아이들의 언어를 읽어주는 것은 마음을 여는 암호를 푸는 것 같다는 생각이 든다. 암호를 풀려면 진짜 듣고 싶은 말이 뭔지 알고 아이들 말의 숨은 뜻을 찾아내야 했다. 말과 행동에 숨어 있는 긍정 의도를 찾아 주고 가능성을 알려주면 아이들은 마음을 열고 내 마음 안으로 걸어 들어왔다. 하지만 준비하지 않으면 아이들에게 지시하는 말을 먼저 하게 되는 경우가 많았다. 눈앞에 보이는 말과 행동만 보고 들으며 판단하게 되었다. 진짜 마음을 들여다볼 여유와 노력이 있어야만 제대로 보고 들을 수 있었다. 아이들은 실수해도 안전하다고 느낄 때 나에게 마음을 열었다.

교직을 처음 시작했을 때는 교사를 단순히 아이들을 가르치는 사람이라고 생각했다. 이제는 이렇게 정의해 보려 한다. 아이들의 발전 가능성을 믿고 사랑으로 발견해 주는 사람. 아이들의 진짜 마음을 읽어주고 더 큰 세상을 보도록 도와주고 싶다. 단순히 가르치는 사람이라 생각하면 쉽게 지치지만, 아이들의 가능성을 믿고 사랑하는 사람이라 여긴다면 무언가 새로운 세계를 열 수 있을 것만 같다. 아이들과 교감하는 말이 가진 생명력을 잊지 않으려 한다. 교실 안에서 나와 아이들이 함께하는 말의 결, 말의 내용, 말이 가진 느낌 등이 서로 융합되어 새로운 가능성의 말로 탄생하는 기적을 꿈꾼다.

# 문해력을 키우는 질문 독서법

문해력(文解力)이란 단순히 글자를 소리 내어 읽는 것을 넘어 글의 의미를 파악해 이해하는 능력을 뜻한다. 국립국어원에서는 문해력을 현대 사회에서 일상생활을 해나가는 데 필요한 글을 읽고 이해하는 최소한의 능력으로 규정하고 있다. 수업 중에 단어의 뜻과 문장의 의미를 이해하지 못해서 질문하는 것은 초등학생에게는 자연스러운 일이다. 하지만 통계 자료에 의하면 문해력 저하 현상은 초등학생이기 때문에 발생하는 문제가 아님을 알 수 있다.

2021년 한국교육과정평가원이 발표한 「OECD 국제 학업성취도 평가 연구」 보고서에 따르면 한국 학생의 읽기 영역 성취도가 크게 낮아졌다고 한다. 2006년에 556점으로 1위였던 우리나라의 읽기 점수가 2009년에는 526점, 2018년에는 513점으로 하락했다. 일각에서는 이 현상을 스마트폰의 보급률과 연관 지어 설명하기도 한다. 아이들은 아주 어릴 적부터 스마트폰이나 태블릿으로 동영상 시청을 하거나 인터넷 검색 등에 익숙한 경우가 많다. 이때 책이 아닌 정보를 집약해 가공한 영상 매체에 익숙해지면 수동적으로 사고하게 되는데 스스로 의미를 파악하는 능력인 문해력이 저하된다는 해석이 있다.

문해력 저하의 원인을 정보량의 과다로 꼽기도 한다. 과잉 정보에 노출된 채 하루를 보내는 우리의 뇌는 인지 과부하에 걸리지 않으려 훑어보기나 건너뛰기를 선택한다고 한다. 이렇게 되면 전체적인 글의 흐름이나 의미를 파악하려 하기보다 짧은 문장에만 익숙해지기 마련이다. 디지털 매체에 적응된 뇌가 종이책이나 텍스트를 읽는다면 문해력이 떨어지는 것은 당연한 일일지도 모른다.

이러한 현실에도 불구하고 교실에서는 문해력이 필요하다. 기본적으로 아이들은 교과서를 읽고 이해해야 한다. 다양한 책과 텍스트를 통해 지식을 습득할 때도 글을 읽고 이해하는 능력은 필수적으로 요구된다. 문해력이 좋다면 글로 표현된 메시지를 읽고 이해하며 효과적인 의사소통을 할 수 있다. 또한 책을 읽을 때 스스로 생각하며 글을 읽게 되어 책의 내용을 자기 삶과 연결 지을 수 있다.

아이들과 지내다 보면 무수한 문제 상황을 만나게 된다. 문제 상황에 처했을 때 지혜롭게 문제를 해결하는 힘은 어디서 찾아야 할까. 나와 세상의 문제를 스스로 깨닫고 해결해 가는 힘은 문해력에서 찾을 수 있다고 한다. 문해력이란 새로운 정보를 받아들이고 생활의 문제를 해결하는 능력을 뜻하기도 하기 때문이다. 세상에 해결할 수 없는 문제는 없다. 다만 해결하지 않은 문제만 있을 뿐이다. 문제를 해결하기 위해 새롭게 도전하는 과정에서 문해력이 필요하다. 이때 문제를 보는 관점을 새롭게 하는 질문을 하는 것이 중요한데 그 힘의 기반이 문해력이 될 수 있다.

책 속에 아무리 많은 진리의 문장이 있더라도 한 문장이라도 내 삶과 연결하여 깨닫고 실천할 때만이 독서는 의미를 갖게 된다. 책의 내용이 어떤 의미가 있는지 설명할 수 없다면 아무런 소용이 없지만, 아이들의 마음에 닿을 수 있게 설명할 수 있다면 그때부터 특별한 가치가 생겨난다. 이렇게 내 삶과 연결되고 아이들의 마음에 닿게 하는 연결 통로가 되는 것이 바로 질문이다.

문해력을 높여주는 질문 독서법을 소개해 보려고 한다. 이 독서법은 평소에 책을 읽고 간단하게 책에 포스트잇을 활용하여 메모하거나 따로 독서록을 기록하는 방법으로 적용할 수 있다. 그리고 아이들 독서 교육 활동 중 독서기록장 정리하는 방법으로 활용할 수 있다. 간단하지만 문해력을 높일 수 있고 글쓰기에도 도움이 되었던 방법이다.

### 1. 문장 발견하기

책을 읽다가 마음이 가는 문장을 발견하면 밑줄을 긋거나 태그 또는 메모해둔다. 포스트잇을 사용하거나 따로 수첩이나 독서 공책을 사용해도 좋다. 그 문장이 어떤 내용이든 읽기를 멈추게 만드는 문장을 찾으면 된다. 읽다가 멈추었다는 것은 스스로 생각하게 만드는 문장을 만난 것이라고 할 수 있다. 나를 불편하게 만드는 문장일수록 내 삶에 도움이 되는 문장일 수 있다.

### 2. 문장 읽고 생각하기

무엇이 읽기를 멈추게 하였는지를 깊이 생각해 본다. 현재 내가 고민하는 주제가 있다면 관련지어 생각해 보는 것도 좋다. 독서의 목적은 완독이나 속독이 아니다. 한 줄이라도 제대로 만나면 한 권이 주는 깨달음이 뭔지도 알 수 있다. 같은 내용을 읽더라도 읽는 이의 관점과 안목에 따라 해석의 내용은 달라진다. 같은 교육과정이라도 교사의 안목과 관점에 따라 학급 교육과정이 다른 것과 같다. 책 속 한 문장에 의미를 부여하고 아이들의 마음에 닿을 수 있게 설명할 수 있을 때 나의 문장으로 재탄생하고 의미를 갖게 된다.

### 3. 문장과 관련된 질문 만들기

같은 문제일지라도 그 문제를 바라보는 시각을 달리하면 해법이 달라진다. 즉 문제에 관한 질문을 새롭게 하면 새로운 답을 찾을 수 있다.

· 아이들 사이에 갈등이 생겼을 때 같은 패턴이 반복되는 이유는 뭘까?
· 내가 문제 해결하는 방법을 다르게 하려면 무엇을 바꿔야 할까?
· 문제를 바라보는 관점을 바꾸려면 어떤 질문부터 해야 할까?

책을 읽고 현재 고민하는 주제와 관련하여 질문을 만들어 본다.

### 4. 질문 내용이 들어간 나만의 새로운 문장 만들기

같은 책과 글일지라도 읽는 이에 따라서 모두 다르게 읽힌다. 읽히는 지점과 느낌은 오롯이 읽는 사람의 것이며 누구도 간섭할 수 없다. 책을 읽으며 만나는 세상은 나만의 세상이며 누구도 침범할 수 없는 영역이다. 이때 질문은 나만의 세계로 들어가는 연결 통로가 된다. 질문을 통해 하나의 문장을 제대로 이해할 때까지 생각하고 숙성시켜 나만의 문장으로 만들어 본다.

예를 들어 책에서 '가장 빛나며 아름다운 대화는 상대의 말을 들으며 가장 빛나는 부분을 발견한 후 나의 좋은 마음에 연결해서 그것이 필요한 세상 누군가에게 선물하려는 마음으로 끝나는 대화이다.'라는 문장을 메모하였다. 이 문장을 교실에서 아이들과 나누는 대화와 연결 지어 생각해서 나의 문장으로 만들어 보았다. '내가 한 발문에 대하여 대답하는 아이들의 이야기에서 가장 빛나는 부분을 발견하고 나의 좋은 마음에 연결해서 칭찬과 격려를 선물해주는 대화로 가득한 교실을 꿈꾼다.' 이 문장을 만들어 가슴에 품고 아이들에게 말하면 내 마음가짐이 달라진다.

### 5. 내 삶에 적용하고 실천해보기

모든 변화의 출발점은 자기 자신이다. 문해력이란 세상과 스스로에 대한 물음을 통해 해답을 찾는 과정이다. 변화를 끌어내는 질문은 자신만이 할 수 있다. 독서와 질문을 통해 만든 나만의 문장으로 세상을 바라볼 때 삶을 새롭게 쓰는 가능성이 열리기 시작한다.

독서는 사람의 제일가는 청사(淸事)라고 다산 정약용은 말하였다. 책을 읽을 때는 자신의 문제의식과 의견이 확실해야 한다고 했다. 그렇지 않으면 아무리 많은 책을 읽어도 소용이 없기에 자기의 근기(根基)를 세울 필요성을 강조했다. 문제의식을 지닐 수 있는 가장 좋은 방법은 질문하기라고 한다. 나에게는 어떤 문제가 있는가? 어떤 고민을 하고 있는가? 더 나은 방법은 없는가? 이러한 나와의 대화로 내 생각을 정리해 본다. 그리고 책을 읽으면서 내가 당장 실천할 수 있는 것은 무엇인가 찾아보려고 한다. 책 속의 한 문장이 내 삶의 한 문장으로 거듭나는 순간이 독서가 청사(淸事)가 되는 순간이리라.

제4장

# 신뢰를 쌓는 말

# 교실 속
# 비움과 채움 사이

“째깍째깍 째깍째깍”

학습지 빈칸을 채우는 아이들의 손길이 분주하다. 교실 안은 타이머 소리와 연필 사각거리는 소리만 들릴 뿐이다.

“자, 이제 3분밖에 안 남았습니다. 빨리빨리 하세요.” 재촉하는 내 목소리에는 힘이 잔뜩 들어가 있다. 아이들 한명 한명을 바라보며 학습지를 다 채우고 있는지 확인한다.

“이제 시간이 다 되었습니다. 그만 연필을 내려놓으세요.” 다하지 못한 아이들의 탄식이 들려온다.

“선생님, 시간 조금만 더 주시면 안 돼요?”

“안 됩니다. 다음 활동하려면 시간이 부족해요. 이제 다음 활동으로 넘어가겠습니다. 화면을 봐주세요.”

TV 속 PPT 화면을 가리키며 말했다. PPT 내용을 다 소화하려면 40분이란 시간이 부족하게만 느껴진다. 아이들이 내 수업을 잘 따라와 주면 좋으련만 잘 못 따라오는 몇몇 아이들이 답답하기만 하다. 아이들이 잘할 수 있을 내용으로만 준비했는데 왜 못하는 걸까. 이해가 안 된다. 그런 내 마음을 아는지 모르는지 집중하지 못하는 아이들이 야속하기만 하다.

1학년 담임을 할 때 내 마음은 지금과 달랐다. 지구에 첫발을 내딛는 외계인 같은 1학년 아이들에게는 지구 생활에 필요한 것들을 하나하나 알려주어야 했다. 30명에게 30번을 설명해주어야만 한다. 그래서 1학년 아이들을 대할 때는 인내심이란 말을 가장 자주 되새겼었다. 반복된 질문에도 한결같이 대답하고 이해할 때까지 반복해서 알려주고 기다려야만 했다. 어쩔 수 없이 인내심이 필요했다.

하지만 다른 학년 담임과 교과를 전담하면서 아이들에 대한 기대치는 다시 올라가기 시작했다. 한 시간 수업에서 좀 더 많은 양의 공부를 시키고 싶었다. 교과서 내용으론 부족해서 학습지와 다른 추가 활동까지 준비했다. 그 시간에 다하지 못하면 숙제를 내주었다. 아이들이 부담스러워할 것을 알면서도 이 정도는 해야 공부가 된다고 스스로 합리화했다. 숙제를 안 해오거나 못 따라오는 아이들을 이해하지 못했다. 수업 중에는 중요한 내용을 반복해서 말했다. 그래야만 모든 아이에게 전달될 것 같았다. 하지만 아이들의 집중 시간은 길지 않았다. 수업 시간에 내가 하는 말을 듣지 않고 딴짓하는 아이들이 야속하기만 했다.

해를 거듭하며 아이들 잘못이 아니라 내 생각이 틀렸다는 것을 알았다. 종일 딱딱한 의자에 앉아 공부하는 것 자체가 얼마나 어려운 일인지 생각해 보게 되었다. 아이들의 집중 시간은 당연히 짧을 수밖에 없다. 조금이나마 아이들 시각에서 내 모습을 바라보기 시작했다. 수업 시간 내내 틈도 주지 않고 설명하고 공부할 거리만 던져주는 선생님. 아이들이 생각하고 받아들일 시간은 고려해 주지 않는 선생님. 얼마나 힘들었을까. 작은 그릇에 물이 넘치는 줄도 모르고 계속 붓기만 했다.

내가 아무리 좋은 수업 내용을 많이 준비한다고 해도 아이들이 받아들이지 못하면 성공한 수업이 아니다. 배움은 아이들에게서 일어나는 것이다. 그리고 아이들에게 필요한 건 짧지만 효과적인 발문이라는 것을 깨닫고 차츰 발문의 양을 줄여갔다. 필요한 말을 천천히 정제해서 하려고 노력했다. 그리고 아이들에게 시간을 주었다. 내 질문에 생각할 시간, 발표를 준비할 시간, 생각을 정리해서 글로 쓸 시간 등 아이들에게 필요한 시간을 고려하기 시작했다. 수업 활동은 간단해졌고 수업에 여백이 생겼다.

내가 말하는 시간은 줄이고 아이들의 발표 시간은 늘렸다. 아이들 말을 귀담아들으려 했다. 아이 한 명 한 명의 눈을 바라보며 들어주기 시작했다. 아이들의 말을 듣고 난 뒤에는 최대한 긍정적으로 피드백을 해주었다.

가르칠 때 중요한 것은 내용이 아니라 아이들이 얼마만큼 가르치는 내용을 받아들이는가였다. 아이들에게 배움이 일어나려면 발문 사이에 아이들이 생각할 시간이 필요하다. 선생님이 설명하지 않는 여백에서 비로소 아이들은 머리를 쓰고 손을 움직이기 시작한다. 생각을 정리하고 궁금한 것이 무엇인지 떠올린다. 스스로 할 수 있는 것과 어려운 것을 구분하여 질문한다. 이 모든 배움의 과정은 교사가 말하는 시간이 아니라 수업의 여백에서 일어난다.

이제는 수업하는 한 시간 동안 설명과 학습자료들로 가득 채우기보다는 적절하게 비워 내려 노력한다. 대신 그 여백에 아이들을 향한 시선과 기다림을 새겨 넣는다. 기다리다 보면 아이들에게서 배움의 과정이 일어나는 과정을 선명하게 볼 수 있다. 아이들이 어떻게 수업 내용을 이해하고 따라오는지가 보인다. 아이들 한 명씩 관찰하면서 어려워하는 아이를 발견하면 먼저 다가가서 알려줄 수도 있다. 아이들이 궁금해하는 얼굴을 읽어주고 질문하도록 도와준다. 그리고 아이들이 활동하는 데 충분한 시간을 주려고 한다. 활동이 끝나면 생각할 시간도 주고 책 읽을 시간도 준다. 학습자료는 필요한 부분만 선별해서 사용한다.

수업은 내가 일방적으로 준비한 것을 들려주는 것이 아니라 아이들과 내가 상호 작용하는 시간이라는 것을 뒤늦게 깨달았다. 서로의 생각을 나눌 때 배움이 일어났다. 이제는 나의 말을 줄이고 아이들 말에 귀 기울이는 여유도 생겼다. 나와 아이들의 말 사이에 한 번 쉬어갈 수 있는 여백의 공간을 만들려고 노력하는 중이다. 아이들에게 내 이야기를 마음에 담아 자신만의 이야기로 만들어낼 시간을 주고 싶다.

가르친다는 것은 어쩌면 비움과 채움의 균형을 지켜가는 일이 아닐까 하는 생각이 든다. 나의 말로 수업을 꽉 채우기보다 적절하게 비워내 공간을 만들 때 아이들의 생각과 말로 다시 채울 수 있다. 비움과 채움 사이로 햇빛이 비치고 비가 내려 배움이라는 꽃이 피어나길 바라며 하루를, 수업을 시작한다.

# 마음의 언어, 미소

어느 날 석가는 제자들을 영취산에 불러 모았다. 석가는 설법하던 중에 손가락으로 연꽃 한 송이를 집어 들고(拈華) 말없이 약간 비틀어 보였다. 제자들은 석가가 왜 그러는지 그 뜻을 알 수 없었다. 그러나 가섭은 그 뜻을 깨닫고 빙긋이 웃었다. 다른 제자들은 석가 행동의 의미가 무엇인지 파악하기 급급했지만, 가섭은 연꽃의 아름다움을 보고 미소 지었다.

염화시중(拈華示衆)의 미소(微笑)였다. 이를 본 석가는 가섭만 자기의 뜻을 이해한다고 여겨 가섭에게 이심전심(以心傳心)의 교리를 전했다고 한다. 팔만 대중 가운데 한 사람만이 내 마음을 알아 미소로 화답해 주었을 때 석가는 얼마나 행복했을까. 두 사람이 서로를 바라보며 미소 짓는 모습을 떠올려본다. 연꽃처럼 맑고 깨끗한 미소였으리라.

1학년 담임을 맡았을 때다. 선택적 함구증을 앓고 있던 남자아이가 있었다. 원희는 학교에 있는 동안 거의 말을 하지 않았다. 수업 시간은 물론이고 쉬는 시간과 점심시간에도 말을 하지 않았다. 자연히 아이들과도 어울리지 않았다. 무표정한 얼굴에 앙다문 입술과 메마른 눈빛은 여덟 살 아이에게서는 흔히 볼 수 없는 것이었다. 뭐라고 질문을 하면 처음에는 눈을 마주쳤다가도 시선을 피하며 대답하지 않았다. 그래서 질문 대신 해야 할 일을 말해주었다. 그러면 곧잘 행동으로 옮겼다. 대답은 안 해도 시키는 일은 잘하는 아이가 귀여웠다. 내 말에 귀 기울이고 스스로 해야 할 일을 하는 모습이 대견하기도 했다.

처음 학교에 입학해서 적응하기 어려워하는 1학년 아이의 마음을 함구증으로 표현한다는 생각이 들자 마음이 짠했다. 아이를 보면 먼저 웃어주었다. 멀리서 눈이 마주쳐도 살며시 웃어 주었다. 그런 나를 보는 원희의 얼굴에 표정이 생겼다. '왜 웃지?' 하는 의아한 표정이었다. 무표정한 얼굴에 표정이 생기니 그것 또한 재미있어 웃어 주었다. 그런 날들이 반복되었다. 이제는 먼저 내 얼굴을 흘끔 보는 아이의 시선이 느껴졌다. 그러다 눈이 마주치면 또 웃었고 아이의 의아해하는 반응이 이어졌다.

그러던 어느 날, 원희 어머니와 전화로 상담했다. 집에서의 생활 모습은 나의 예상과 달랐다. 어머니께서는 집에서는 말도 잘하고 밝은 아이라고 했다. 그러면서 엄마에게 '엄마, 선생님이 나를 보고 웃어줬어.'라고 좋아하며 말했다고 한다. 어머니와의 상담으로 원희의 마음이 조금씩 열리고 있음을 알았다. 그 뒤로도 눈이 마주치면 항상 웃어 주었다.

이제는 시선을 회피하지도 않았다. 이제는 원희 얼굴에 옅은 미소가 번지는 게 보였다.

여느 때처럼 수업 시간에 할 일을 자세히 설명해 주었다.

"원희야, 할 수 있겠지? 한 번 해보자." 그러자 입술을 움직여 "네." 하는 나지막한 목소리가 들렸다. 처음 듣는 목소리였다. 신기해서 원희 얼굴을 쳐다보았다. 그러자 부끄러워하는 듯한 표정이 비쳤다. 아무런 말을 하지 않고 눈을 보며 다시 한번 웃어 주었다. 그러자 살며시 따라 웃었다. 나와 눈이 마주쳤다. 그 후로도 원희는 내가 하는 말에 "네." 하고 곧잘 대답했다. 질문을 하면 "네.", "아니요." 등의 짤막한 대답도 했다.

1학년이 끝날 즈음 원희는 한층 밝아졌다. 친구들과도 제법 잘 어울렸다. 아직 말을 길게 하지는 않았다. 하지만 하고 싶은 말을 짤막하게나마 하는 아이가 되어 있었다. 나와 원희는 눈이 마주치면 함께 웃었다. 우리만의 신호였다. '잘하고 있어, 원희야.' 하는 마음으로 미소 지어 주었다. 그런 내 마음을 아는 듯 원희는 미소로 대답해 주었다.

불안해하는 아이가 안정감을 느끼도록 해주는 것은 여러 마디의 말이 아닌 짧은 미소라는 것을 깨달은 1년이었다. 그 후로도 선택적 함구증을 겪고 있는 아이들을 만나면 늘 원희를 먼저 떠올렸다. 더 이상 고민하지 않게 되었다. 아이들은 내가 길게 말하지 않고 마음으로 믿어 주고 미소로 표현해 준다는 것을 알았다. 말을 억지로 하게 하려고 하지 않았다.

믿고 기다려주었다. 필요한 시간이 지나면 아이들은 자연스럽게 마음을 열었다. 나와 보낸 시간 동안 말로 마음을 표현하지 않았더라도 1년이 지난 후에 나를 찾아와 인사하고 편지를 전하곤 했다.

『인상 클리닉』의 저자 정찬우 원장은 미소의 전이 현상과 행복의 거울 효과에 대해서 이렇게 설명한다. 이탈리아의 신경생리학자 자코모 리촐라티가 1990년대에 처음 원숭이 뇌의 이마엽에서 거울 신경을 발견했다고 한다. 거울 신경이란 타인의 행동을 보고 있기만 해도 자신이 그 행동을 하는 것처럼 뇌의 신경세포가 작동하는 것을 말한다. 이때 활동하는 뇌세포는 내가 눈으로 본 행동을 똑같이 내가 직접 할 때 작동하는 신경세포와 같다. 그 결과 관찰자는 자신이 보고 있는 대상의 표정을 따라 하게 된다.

내가 본 상대방의 표정과 비슷한 표정을 지으려는 움직임이 뇌의 신경을 통해 표정근육에 반사적으로 전달되고 그 결과로 내 얼굴에 비슷한 표정이 지어지는 과정을 표정 흉내 내기라고 한다. 그리고 그 표정에 의해서 그 표정과 연관된 감정이 내 뇌에 만들어짐으로써 상대방의 감정과 유사한 감정이 내게 전달되는 것을 '감정 전이', '감정 전파' 혹은 '감정 전염'이라고 부른다.

밝고 긍정적인 표정을 지어 세상에 드러내 보이면 이를 본 상대방의 거울 신경이 작동되면서 내 표정과 유사한 표정이 저절로 만들어지고, 그 표정과 연관된 긍정적인 감정이 상대방의 뇌에 만들어진다는 얘기다. 내가 환한 미소를 지으면 행복이라는 감정이 주변 사람들을 통해 반사와 반사를 거듭한다. 마치 어릴 적 하던 반사 놀이처럼 말이다.

그리고 거울의 방에서 수많은 나를 만나듯 행복감이 사방으로 퍼져나간다. 이를 행복의 거울 효과라고 한다. 밝은 빛이 거울을 통해 반사되어 전달되듯 나를 위해 지은 미소가 내 주변에까지 행복감을 전파한다. 내가 원희에게 보낸 미소가 원희의 거울 신경을 자극하여 함께 미소 짓고 행복한 감정이 전이되었던 것일까. 말없이 미소 지으며 서로를 바라보던 순간은 잊지 못할 것 같다.

상대에 대한 진정한 이해는 마음 안에서 이루어지는 작용이다. 의미 없는 무수한 말은 허공으로 사라지고 마음이 담긴 말만이 가슴 깊이 안착하여 오랜 생명력을 지니게 된다. 때로는 진심 어린 미소만으로도 교감할 수 있다. 두 눈을 마주하는 순간 말로 전할 수 없는 말은 따스한 눈빛이 되고 미소가 되어 상대의 마음으로 들어가고 서로의 염화미소로 피어난다. 단 한 번의 미소만으로도 우리는 많은 것을 전할 수 있다. 미소는 마음의 언어이다.

# 추억을 만드는 향기로운 말

삶은 하나의 유희다. 여기엔 규칙이 있다. 우리 모두에게 육체가 주어진다. 삶이라는 학교에 등록해서 하루 스물네 시간의 수업을 들어야 한다. 좋든 싫든 충분히 배우지 못하면 수업은 반복된다. 오로지 배움만 있을 뿐 실패는 없다. 어떤 삶을 만들어갈 것인가에 대한 해답은 모두 내 안에 있다. 하지만 태어나는 순간 우린 모두 이 규칙을 잊는다. 체리 카터 스코트는 「삶이 하나의 놀이라면」이라는 시에서 우리 삶을 반복되는 놀이라고 표현했다.

아이들과 함께 지내다 보면 수업과 놀이의 경계가 허물어질 때가 있다. 수업이 놀이가 되면 더 이상 공부가 아니다. 수업이 아닌 놀이에 몰입한 아이들의 모습은 자연스럽고 행복해 보인다. 아이들은 자신에게 몰입하면 더 이상 선생님을 찾지 않는다. 그저 바라봐 주면 된다. 다음 활동을 안내하지 않아도 스스로 찾아서 한다.

위대한 예술가들과 훌륭한 과학자들이 하는 일은 본질적으로 즐거운 일이라는 버트런드 러셀의 말처럼 놀이에 몰입한 아이들은 그 순간만큼은 위대한 예술가이자 과학자가 된다. 수업이 놀이가 되었던 적이 언제였나 기억을 더듬어 본다.

사회 시간에 경제 활동의 기본 개념을 가르치고 체험 활동으로 푸드트럭을 제안했다. 푸드트럭 활동은 가게를 차리고 직접 만든 간식을 팔고 사 먹으며 생산자 소비자 역할을 해보는 활동이다. 아이들은 메뉴도 직접 정하고 좋아하는 간식을 먹을 수 있다고 하니 신이 났다. 쉬는 시간과 점심시간 할 것 없이 옹기종기 모여 푸드트럭 이름, 메뉴, 역할 분담, 홍보 방법 등을 머리를 맞대고 궁리했다.

며칠 후 쉬는 시간이 끝나갈 때쯤 지훈이가 손을 번쩍 들고 큰 소리로 말했다.

"선생님, 사회 시간이 기다려지는 건 처음이에요. 빨리 수업 시작해요!" 푸드트럭을 준비하기로 한 시간이었으니 얼마나 기다렸을까. 그동안 사회 수업이 얼마나 지루했을지 미안한 마음마저 들었다.

푸드트럭 당일 아이들이 가게를 차렸다. 책상 두세 개씩을 붙이고 그 앞으로 색 도화지에 알록달록 매직으로 꾸민 간판을 붙였다. 책상 위에는 음식을 세팅했다. 떡볶이, 튀김, 핫바, 닭꼬치, 주먹밥, 김밥, 정성스레 포장한 쿠키, 젤리, 음료수까지 종류도 다양했다. 차려진 음식들을 보기만 해도 배가 부를 정도로 풍성했다. 처음에 조용히 간식을 팔던 아이들이 시간이 지날수록 적극적으로 가게를 홍보했다.

"떡볶이 세일해요! 떡볶이 드시면 꼬마 김밥 한 줄이 공짜예요."

"꼬치 있어요! 닭꼬치, 소시지 꼬치, 소떡소떡 있어요. 서비스로 음료수 드립니다."

아이들은 목청껏 가게를 홍보하며 음식을 팔고, 이곳저곳 분주히 다니며 간식을 사 먹었다. 아이들의 얼굴에서 웃음이 끊이지 않았다. 시끌벅적한 교실은 그 어느 때보다도 활기가 넘쳤다.

5월 첫 주, 싱그러운 연초록 나무들로 가득한 학교 앞 공원으로 아이들과 생태 체험 활동을 하러 갔다. 봄 햇살이 뜨거웠다. 더위를 피해 참나무 숲으로 갔다. 해님 밧줄 놀이를 하기 위해서였다. 먼저 밧줄로 지름이 약 20cm 정도인 원을 만들어 가운데 바닥에 놓는다. 원 모양의 밧줄에 반 아이들 수만큼 다른 밧줄을 반으로 접어 연결하여 해님 모양으로 만든다. 그리고 원 모양의 밧줄 안에 한 명이 앉으면 나머지 아이들이 일어나면서 동시에 밧줄을 잡아당기는 놀이가 해님 밧줄 놀이다. 아이들이 밧줄을 잡아당기면 원안에 앉아 있던 아이는 공중으로 붕 뜨게 되는데, 잠깐이지만 하늘을 나는 듯한 기분을 느낀다. 아이들이 동시에 한마음이 되어 밧줄을 당겨야만 가능한 놀이다. 반 아이들이 차례로 한 명씩 원 안에 앉았다. 무서워하는 아이들도 있었지만 밧줄을 잡아당기는 아이들이 힘을 북돋아 주었다. 그리고 먼저 타본 아이들이 다른 아이들을 안심시켜 주었다.

민수가 하늘 위로 올라가는 순간 희서가 큰 목소리로 외쳤다.

"민수야, 프랑스 보내줄게. 마카롱 사 와!"

그러자 아이들이 웃으며 라임 살린 말을 만들기 시작했다.

"하영아, 베트남 보내줄게. 쌀국수 먹고 와!"

"혜진아, 천왕성 보내줄게. 별 보고 와!"

"윤수야, 제주도 보내줄게. 한라봉 사 와!"

"혜선아, 이탈리아 보내줄게. 피자 먹고 와!"

"진아야, 일본 보내줄게. 초밥 먹고 와!"

기발하고 귀여운 문장들로 해님 밧줄 놀이는 세계 테마 여행이 되어 갔다.

"선생님, 선생님도 저희가 여행 보내 드릴게요! 그동안 수고 많으셨어요!" 반 아이들 모두를 태워주기에 힘들었을 텐데 힘들다는 말 대신 나까지 태워준단다. 아이들이 부쩍 커 보였다. 참나무 가지 사이로 밝은 햇살이 반짝이고 아이들의 웃음소리와 즐거운 말들이 숲속으로 울려 퍼지던 5월의 어느 날이었다.

아름다운 추억에는 마음을 나누던 향기로운 말들이 함께 있다. 서로를 향한 진심이 담긴 대화가 오가고 평범한 일상이 잊지 못할 소중한 순간으로 기록된다. 좋은 말을 많이 듣고 자란 아이들의 마음속에는 착한 말이 움튼다. 어느샌가 친구들에게도 선생님에게도 선한 말을 들려주기 시작한다. 말의 신비다. 무엇이든 흡수해 버리는 스펀지 같은 아이들이기에 그 효과는 빠르게 나타난다. 아이들의 고운 말을 들을 때면 그 어느 때보다도 가슴이 따뜻해진다. 그리고 키워주는 말을 더 많이 들려주어야겠다고 다짐한다.

아이들에게 뿌린 좋은 말의 씨앗이 자라 아름다운 마음과 말의 꽃으로 피어나는 모습을 보는 일이 교사의 특권인 것 같다. 이 글을 쓰고 있는 이 순간에도 아이들은 성장하고 있다. 나 또한 교사로서 익어가고 있다. 평범한 일상을 함께 하며 소중한 추억을 만들고 있다. 우리는 함께 이렇게 생의 한가운데를 지나고 있다. 한 번뿐인 소중한 이 시간을 한순간도 놓치지 않겠다는 마음으로 지금, 여기의 일상을 보내고 싶다.

우리에게 주어진 하루는 24시간뿐이다. 모두가 언제 올지 닥칠지 모를 죽음이라는 벽 앞에 서 있다. 시간이라는 절대적 한계 앞에서 때로는 절망하고 때로는 희망한다. 빛과 그림자는 한 몸이다. 짙은 그림자를 보며 낙담할지 밝은 빛을 향해 나아갈지는 우리의 선택이다. 절망이란 말의 다른 한자어는 切望. 간절하게 바란다는 뜻이다. 한 번뿐인 삶에서 주어진 시간을 소중하고 의미 있게 보내고 싶다는 간절한 소망이 곧 절망이다. 너와 나의 만남이 유희가 되고 추억이 되는 유일한 아름다운 삶을 절망한다.

## 아이들의 스몰 윈을 부르는 말

37세의 나이로 세상을 떠난 빈센트 반 고흐는 끊임없는 노력과 헌신의 결과로 800여 점의 유화와 2,000점이 넘는 스케치 작품을 남겼다. 천재라고 평가받는 그이지만 정작 고흐 자신은 '위대한 성과는 소소한 일들이 조금씩 모여 이루어진 것'이라고 했다.

성공적인 삶이 소소한 일들의 누적이라면 아이들의 성공적인 학교생활은 작은 성공이 모여 이루어진다고 할 수 있을 것 같다. 성취감을 맛보는 행복한 하루가 모여 1년이 되고 해를 거듭하면 아이들은 학교생활이 행복했다고 추억할 것 같다. 또한 소소한 성공의 경험으로 자신감을 얻고 자기 능력의 최대치를 발휘하는 경험을 많이 한다면 학교생활이 성공적이었다고 느끼게 되지 않을까.

『스몰 윈』이라는 책에서는 작은 성공들이 모여 우리 뇌를 바꾼다고 한다. 작은 목표를 세우고 성공하는 경험이 축적될수록 뇌의 시냅스는 촘

촘해진다. 잘 고안된 연습 설계와 성공의 경험은 우리 뇌를 변화시키고 궁극적으로는 원하는 능력을 몸에 갖추게 한다고 한다. 이때 중요한 것 두 가지가 있는데 긍정적인 작은 질문의 반복과 피드백이다. 다시 말하면 교사의 발문과 긍정적인 피드백이 아이들이 작은 성공을 경험하는 데에 결정적인 역할을 한다고 풀이할 수 있다.

아이들에게 줄 수 있는 작은 성공의 경험이 뭐가 있을까. 1년 동안 가능하다면 매일 실천할 수 있는 일이 무엇일까. 이런 고민의 해답으로 찾은 것이 책 읽기와 글쓰기다.

매일 아침 10분 이상 책 읽는 시간을 지키려고 한다. 10분이지만 일주일이면 50분, 한 달이면 3시간이 넘는다. 누적되는 시간만큼 아이들의 독서 습관은 자리를 잡아간다. 처음부터 습관처럼 책을 읽기는 어렵다. 학기 초에는 한 명 한 명에게 다가가 책 읽는 자세를 잡아주고 어떤 책을 읽고 있는지 관심을 보여주며 격려해 준다. 그 후로 시간이 지나면서 스스로 책 읽는 자세도 바르게 갖추게 되고 책에 더 집중하려는 모습을 볼 수 있다.

아침 독서 습관이 어느 정도 자리 잡은 다음부터는 나도 아이들과 함께 내 자리에서 책을 읽는다. 책 읽는 즐거움과 성취감을 맛본 아이들에게 칭찬은 그다지 중요하지 않게 된다. 나의 피드백이 없어도 아이들은 자연스럽게 자리에 앉으면 책을 펼친다. 수업 중에는 종종 아이들이 요즘 읽고 있는 책에 관한 이야기를 나눈다. 무슨 책을 읽고 있는지 어떤 내용인지 물어본다. 그러면 아이들은 신이 나서 발표한다. 이야기를 듣고 난 후에는 반드시 긍정적인 피드백을 주고 칭찬해 주려고 한다.

그리고 매주 한 시간씩 도서관에서 책을 빌려 읽는다. 주 1회 몇 권씩 빌려 읽는 책이 1년 동안 누적되면 수십 권이 넘는 양에 이를 수 있다. 한 권 한 권 읽은 책의 양이 늘어가는 동안 아이들의 사고력과 지혜가 함께 쌓여가길 소망한다. 완독의 즐거움도 알게 되고 다독의 기쁨도 누리게 되길 바란다. 다 읽지 못해도 소가 풀을 뜯어 먹듯 책을 펼쳐 읽는 재미를 알아가는 것 또한 성공이라고 여긴다. 이렇게 1년간 꾸준히 읽고 독서록까지 적다 보면 100권 넘게 읽는 아이들이 많다. 아이들이 경험하는 대표적인 스몰 윈의 사례이다.

오늘 하루는 곧 인생의 축소판이라고 했다. 오늘 하루를 잘 살아내고 이런 하루가 모이면 성공한 인생이 된다. 아이들과 오늘을 잘 지내기 위해 1교시에 세 줄 쓰기를 한다. 목표를 이룰 수 있는 효과적인 방법은 목표한 바를 적어 보는 것이라고 한다. 오늘 하루를 어떻게 보내고 싶은지 생각해 보고 글쓰기 공책에 세 줄 정도 쓰도록 한다. 오늘 하루를 어떻게 보낼지 한번 생각하고 써보고 발표까지 한 아이들의 하루는 조금씩 달라진다. 작은 성공에 이르는 하루를 설계하는 시간이 곧 세 줄 쓰기 시간이다.

아이들과 아침 인사를 겸해서 글쓰기 주제를 알려주고 몇 분간 쓰도록 한다. 세 줄 쓰기의 주제는 무한하다. 새 학년이 된 소감은? 올해 나의 버킷리스트 세 가지는? 오늘 아침 나의 기분은? 오늘 꼭 하고 싶은 일은? 어제의 나를 칭찬한다면? 지난 주말 가장 기억에 남는 일은? 이런 친구가 있다면 좋겠다, 내가 제일 좋아하는 음식은? 내가 가장 좋아하는 노래와 그 이유는? 우리 반의 가장 좋은 점은? 등 날마다 주제는 정하기 나름이다.

글을 쓰고 나면 아이들이 쓴 글을 읽는 시간을 갖는다. 아이들이 쓴 글을 읽고 나면 되도록 긍정적인 질문과 피드백을 해준다. 쓴 글의 내용에 대해 궁금한 점을 물어보고 보충해서 말하고 싶은 내용을 유도하기도 한다. 경험한 감정에 대한 공감, 좋았던 표현, 열심히 하는 태도, 앞으로 잘할 수 있다는 격려도 해줄 수 있다. 이렇게 세 줄 쓰기 활동으로 나는 아이들과 공감대를 쌓아가고 아이들은 작은 성공의 경험을 맛본다.

과목별로 보는 단원 마무리 평가, 받아쓰기 시험 등 작은 성취도 평가를 1년간 꾸준히 한다면 아이들에게는 작은 성공을 반복하는 경험이 될 수 있다. 평가 범위를 넓지 않게 하고 내용은 아이들이 노력하면 만족할 정도의 결과가 나오도록 난이도를 조절하는 것이 좋다. 1년간의 지속적인 평가로 아이들에게 노력하면 성공을 맛본다는 인식을 심어주고 성공의 경험치가 축적되도록 한다.

한 번의 작은 성공은 성취감을 낳고 자신감을 느낀 아이들은 더 잘하려고 노력하는 모습을 볼 수 있다. 목표를 향한 노력이 무의식적인 수준까지 올라가게 되면 아이들은 뇌의 능력을 극대화하는 방법을 자연스럽게 배울 수 있다. 이 과정에서 긍정적 발문과 피드백이 중요하다.

"이번 시험의 목표는? 열심히 노력했구나, 아주 훌륭하다. 지난번 결과보다 좋게 나왔구나. 네가 노력한 결과야. 어떻게 문제를 해결하면 좋을지 생각해봐. 이 문제를 해결하려면 어떻게 하면 좋을 것 같니? 이번 시험에서 더 알고 싶은 점은 뭐였니? 선생님이 보니까 수현이는 이 문제를 풀 때 이런 점을 보완하면 좋을 것 같구나. 최근에 가장 잘했다는 생각이 든 것이 뭐였어? 자신이 자랑스럽다고 느꼈을 때는 언제야?" 지속적인 긍정적 질문과 피드백은 아이들이 능력을 극대화할 수 있는 경험을 하도록 인도한다.

이때 아이들이 즐거운 마음으로 임해야 한다는 점이 중요하다. 목표를 기분 좋게 설정할 수 있어야 한다. 원하는 목표를 달성하였을 때의 나를 떠올려보고 마음이 설레야 한다. 좋은 느낌과 목표가 연결되도록 해주면 더 많은 시간을 할애해서 목표를 향해 노력하게 되고 성공을 경험할 확률도 높아진다. 뇌는 보상에 열광하고 반복에 반응한다고 한다. 작은 성공 자체가 뇌에 보상이 되는 일련의 과정이 반복된다면 우리는 원하는 능력을 얻을 수 있다.

아이들이 즐거워하는 수업 활동은 이야기를 창작하는 활동, 역할 놀이, 탐구 활동, 프로젝트 활동 등이다. 이러한 활동으로 아이들은 자유로운 상상력을 펼치고 창의성을 발휘할 수 있다. 즐겁게 목표에 도달하도록 세팅하는 것이 교사의 역할이다. 활동 성공의 여부는 교사의 칭찬과 피드백으로 결정되는 활동이 대부분이기 때문이다.

"맡은 역할을 정말 잘 해냈구나! 네가 고른 캐릭터를 표현하는데 창의력이 돋보였어."

"캐릭터에 몰입한 모습이 멋졌어. 자신감 넘치는 모습이 훌륭하다."

"모둠 친구들과 함께 의견을 나누고 협력하는 모습이 정말 훌륭해 보였어."

"준비 과정에서 처음에는 어려움을 겪었지만, 서로 배려하고 노력해서 발표까지 잘 해냈구나."

"너희가 이번 프로젝트를 위해 보여준 팀워크와 협력 능력이 정말 뛰어났어."

"프로젝트를 완성하는 과정에서 서로 도와주고 의견을 나누는 것이 정말 멋졌어."

"너희 모둠에서 제시한 아이디어는 정말 창의적이었어."

"결과물이 너무 멋지게 나왔구나! 너희들의 노력으로 훌륭한 결과물을 만들었어. 잘 해냈구나!"

"너희가 목표로 했던 것을 달성한 것을 보니, 너무 자랑스럽다."

"너희가 이번 프로젝트에서 배운 것들은 무엇이니? 앞으로 어떤 부분을 더 발전시킬 수 있을까?"

작은 성공의 체험이 아이들의 믿음을 변화시킨다. 자신이 할 수 있다는 능력을 일깨우고 더 나은 목표를 꿈꾸게 한다. 심리학자 반두라는 잠재 역량을 충분히 발휘하는데 관건은 자신감과 성취감이라고 했다. 자신감과 성취감을 느끼는 좋은 방법은 작은 성공(small win) 경험을 반복하는 것이다. 즐거운 마음으로 작은 목표를 향해 전진하는 아이들에게 학교란 작은 성공을 맛보는 기쁨의 공간이 될 수 있다.

# 칭찬은
# 말로 하는 햇빛

20세기 최고의 경영자로 일컬어지는 제너럴 일렉트릭(GE)의 최고경영자였던 잭 웰치는 어릴 때부터 말을 더듬었다고 한다. 그는 친구들이 '말더듬이', '병신'이라고 놀려대는 소리에 울면서 엄마에게 달려가 하소연하곤 했다. 그때 그의 어머니는 "얘야, 너는 다른 애들보다도 생각의 속도가 훨씬 빨라서 미처 네 입이 따라오지 못할 뿐이란다. 너는 생각의 속도가 빨라서 앞으로 위대한 인물이 될 거야."라고 대답해 주었다. 잭 웰치는 이때부터 열등감에서 벗어나 오히려 자신감을 가질 수 있게 되었다고 한다.

칭찬하기로 마음먹으면 모든 것이 칭찬의 대상이 된다. 말 더듬는 것조차 생각의 속도가 빠른 것이 된다. 뭐든지 천천히 느리게 하는 아이는 꼼꼼하고 차분하게 하는 아이가 된다. 무슨 일이든 빠르고 성급하게 하는 아이는 추진력이 좋은 아이가 된다. 집중 시간이 짧은 산만한 아이는 호기심이 풍부한 아이가 되고 한 가지에만 몰두하는 아이는 집중력이 뛰어난 아이가 된다. 친구 사귀는 데 시간이 필요한 아이는 신중하고 깊이 있는 교우관계를 맺는 아이가 되고 친구를 금방 사귀는 아이는 친화력이 좋은 아이가 된다. 아이들을 보는 눈을 바꾸면 아이들에게서 칭찬할 것이 보인다.

칭찬은 긍정적인 변화를 끌어내는 효과적인 수단이지만 잘못된 칭찬은 변화를 그르칠 수도 있다. 따라서 칭찬하는 데에도 기술이 필요하다. 지금까지 시행착오를 반복하며 나름대로 효과적이었다고 생각되는 칭찬의 방법을 정리해 보았다.

### 1. 노력의 과정 칭찬하기

스탠퍼드대학교 심리학과 교수인 캐롤 드웩은 '노력 중심의 성장형 사고방식이 뇌의 기능에도 차이를 만든다.'라고 말했다. 노력의 과정에 대해 인정받고 칭찬받으면 아이들에게는 성장형 사고방식이 자리하게 된다고 한다. 성장형 사고방식을 지니면 결과보다 과정을 중요하게 여기며 실패와 도전을 두려워하지 않게 된다.

결과 중심의 칭찬이 "잘했어. 하니까 되잖아."라면 과정 중심의 칭찬은 "그동안 열심히 준비하더니 이번에 좋은 결과가 나왔구나."이다. 아이가 선천적으로 지닌 재능이나 능력에 대한 칭찬보다 과정을 구체적으로 짚어주고 아이의 행동에 대해 긍정적인 감탄만 해주어도 좋은 칭찬이 된다.

### 2. 단순 칭찬보다 서로의 감정을 교감할 수 있는 칭찬하기

"선생님, 저 주말에 수학 경시대회에 나갔어요. 문제 다 잘 풀었어요." 라고 말했다면 "그래? 잘했구나."라고 대답하기 쉬울 것이다. 이때 한 걸음 나아가 "그랬구나. 선생님도 이렇게 기분 좋은데 지후는 엄청 좋겠구나."라고 말해준다면 칭찬받은 아이와 대화가 이어지고 감정도 교류할 수 있다. 선생님과 교감하는 기분 좋은 경험은 아이에게 긍정적인 목표에 대한 도전 의식을 갖게 하고 다시 노력하는 힘이 된다. 감정을 교감하는 칭찬은 선순환이 반복되는 데 도움이 되는 방법이다.

### 3. 존재에 대해 칭찬하기

아이가 바람직한 행동을 했거나 좋은 결과를 냈을 때만이 아니라 실수하거나 좋지 않은 결과를 냈을 때도 칭찬할 수 있다. 좋은 행동을 하지 못했더라도 나의 존재를 인정해 주는 칭찬을 받는다면 어떤 마음일까. 내가 세상에 존재하는 자체만으로도 괜찮고 좋다면 무슨 일 하든지 편안하고 즐겁게 할 수 있지 않을까. 무언가를 잘 해내야만 하는 이유는 없다. "괜찮아, 그래도 선생님은 수민이가 좋단다. 수민이가 우리 반에 있어서 참 다행이구나."라는 이야기를 들은 아이의 얼굴을 상상해 본다. 칭찬하는 선생님도 듣는 아이도 흐뭇한 미소를 머금게 될 것 같다.

### 4. 의도치 않은 행동에 대해 칭찬하기

아이들은 칭찬받기 좋아한다. 이 행동을 하면 선생님의 칭찬을 받을 거라는 걸 어느 정도 예상하는 경우가 대부분이다. 물론 이런 경우에 받는 칭찬도 아이들을 춤추게 한다. 하지만 칭찬이 예상되는 상황에서의 칭찬보다 의도치 않은 행동을 했을 때 칭찬받는다면 어떨까. 운동장에서 친구가 갑자기 도움이 필요한 상황이 생겼을 때 반사적으로 도와준 아이를 보고 칭찬을 건넸다. "재현이, 이런 상황에서 친구들 도와주다니 멋있는데?" 그 아이는 교사의 칭찬을 듣고 스스로에 대한 긍정적인 면을 새롭게 발견할 것이다. 별 뜻 없이 베푼 친절에 상대가 매우 고마워하면 친절을 베푼 사람은 자신이 한 행동에 좀 더 의미 부여를 하게 되는 것과 마찬가지이다.

### 5. 학급 전체에 대해 칭찬하기

몇 명의 아이들에게 칭찬할 일이 있을 때도 학급 전체로 대상을 확장하여 칭찬하면 좋았다. 아이들 모두가 칭찬받게 된다는 점도 좋지만, 우리 반의 일원이라는 자부심도 느끼게 할 수 있기 때문이다.

"우리 반 친구들의 가장 훌륭한 점은 친구와 갈등이 생겼을 때 바로 잘못을 인정하고 서로 배려하면서 문제를 해결한다는 점이에요."

"우리 반 친구들은 친구들 각자의 개성을 존중해주고 인정해 주는 점을 칭찬해 주고 싶어요."

"친구들의 단점보다 장점을 잘 찾아주고 서로 이야기해 주는 모습을 보니 참으로 기쁩니다."

이렇게 학급 전체를 칭찬해 주면 아이들은 서로에 대해 호감을 느끼게 되고 우리 반이라는 공동체 의식이 생기고 결속력이 좋아진다.

이 밖에도 칭찬의 방법은 여러 가지가 있다. 칭찬 릴레이, 칭찬 샤워, 100일간 100가지 자기 칭찬하기 프로젝트 활동, 우리 반 자랑거리 찾기 등 다양한 방법으로 선생님과 아이들이 함께 칭찬을 주고받을 수 있다.

칭찬은 단 한 번이 아니라 아이들과 함께하는 동안 지속해서 이어져야 한다. 마음에서 나오는 햇살 같은 따뜻한 말로 지속적인 지원과 격려를 해주는 선생님이 있는 교실의 아이들은 얼마나 행복할까. 아이의 마음이 되어본다. 꾸준히 칭찬받으며 강화된 아이들은 긍정적으로 변화할 수 있다는 믿음이 있다. 말더듬이라고 놀림 받던 아이는 어머니에게서 생각의 속도가 빠른 것뿐이라는 칭찬으로 훌륭하게 성장했다. 사랑의 눈으로 칭찬받으며 자란 아이들은 무한한 가능성을 발휘할 수 있을 것이다. 매 순간 아이들의 가능성을 끌어내는 것보다 교육에 있어 중요한 것이 있을까.

# 믿는 만큼 자라는 아이들

세상 사람들은 나를 위해 변하지 않는다. 그들이 나를 위해 변화해 줄 거라고 기대한다면 실망으로 이어질 확률이 높다. 아이들도 쉽게 변하지 않는다. 교육이 아이들의 잠재력을 끌어내어 변화시키고 성장하도록 하는 것이라고 하지만 그 과정을 짧은 시간에 확인하기는 어렵다. 어쩌면 상대방이 단시간에 변화되기를 바라는 생각 자체가 문제일지도 모른다.

상대를 변화시킬 수는 없지만, 상대에 대한 내 생각은 바꿀 수 있다. 나를 변화시키면 그 순간부터 비로소 문제 해결의 실마리가 보이기 시작한다. 왜냐하면 문제 현상 자체가 없어지지는 않지만, 문제를 바라보는 시각이 바뀌면 더 이상 문제가 아닐 수 있게 되기 때문이다. 상대와의 관계에서도 긍정적인 변화가 일어날 수 있다. 이렇게 누군가를 성장시키거나 변화시키는 일은 서로에 대한 긍정적인 느낌에서 출발한다.

거의 매일 지각하는 지훈이는 9시 10분, 1교시 시작할 때쯤에야 교실

뒷문을 열고 슬며시 들어온다. 집이 학교 교문 바로 앞이다. 어머니와 상담 전화할 때 말씀이 아무리 말을 해도 듣지 않는다고 한다. 지훈이에게 지각하지 말라고 몇 번 이야기했다. 그다음 날에만 제시간에 오고 다시 똑같이 지각이다. 어떻게 하면 좋을까.

학교를 제시간에 가거나 지각하는 것은 모두 지훈이만 할 수 있는 일이다. 지훈이의 어머니와 교사인 내가 지훈이에게 제시간에 등교하라고 말한다 해도 실행하는 능력은 지훈이에게 있다. 따라서 내가 지훈이에게 지각하지 말라고 훈계를 늘어놓아도 크게 효과가 없을 것이다. 지각에 대한 벌칙이 있어 그 벌칙을 모면하기 위해 지각하지 않을 수도 있겠지만 스스로 각성하여 실천하는 것만큼 교육적인 효과는 크지 않다.

지훈이가 혹시 등교를 미루고 싶을 만큼 마음에 부담되는 것이 있을 수도 있는 건 아닐까. 너무 이상적일지 모르지만 지훈이에게 필요한 것은 진심 어린 따뜻한 대화일지 모른다는 생각이 들었다.

또다시 지각한 지훈이에게 아무 말도 하지 않았다. 1교시 수업이 끝나고 쉬는 시간에 지훈이를 불렀다.

"요즘 지훈이 어떻게 지내니? 학교생활 하면서 혹시 힘든 점이 있니?"

"친구들하고 잘 지내고 싶은데 잘 안 돼요."

"그랬구나. 학교에 일찍 오지 못하는 것도 그것 때문이니?"

"그건 잘 모르겠어요."

"그래, 잘 모를 수도 있지. 지훈이는 어떻게 지내고 싶은데?"

"재밌게 지내고 싶어요. 상민이, 지우랑도 더 잘 지내고 싶고."

"그래 지훈아, 선생님도 그 친구들하고 잘 지내게 되길 바랄게. 그리고 어떻게 도와줄 수 있을지도 생각해 볼게. 힘든 일 있으면 꼭 말해주고."

지훈이의 작년 담임 선생님께 물어보니 지훈이가 작년에 전학을 왔고 학교생활에 잘 적응하지 못해 힘들어했다고 했다. 사정을 알고 나니 지훈이가 새롭게 보였다. 지훈이가 그 친구들과 잘 지내도록 특별히 자리를 마련해주거나 하지는 않았다. 다만 지켜봐 주었다. 수업 시간과 쉬는 시간에 어떻게 지내는지 한 번 더 봐주고 기회가 있을 때 짧은 칭찬과 격려의 말을 해주었다. 그 후로 언제부턴가 지훈이가 조금씩 밝아졌고 지각 횟수가 조금씩 줄었다. 운동을 잘하는 지훈이는 어느샌가 남자아이들 사이에서 인기 많은 친구가 되었다. 2학기에는 전교 임원 선거에 출마하기까지 하며 적극적으로 생활했다.

마음을 헤아려주고 아이가 스스로 미래를 볼 수 있게 해주는 대화를 통해서만이 스스로 문제를 해결할 힘을 찾게 할 수 있다고 한다. 자신이 문제라고 느껴야만 해결하려는 의지가 생긴다. 문제 해결 능력은 자신만이 갖고 있다. 문제를 해결할 능력은 자신만이 갖고 있음을 깨닫고 책임 의식을 갖고 해결하려 할 때 진정한 변화는 찾아온다.

아이들이 문제를 해결할 능력을 갖추고 성장하리라는 믿음은 교사 자신에 대한 믿음에서 출발한다. 아이들에게 정서적인 안정감을 주려면 내 마음의 파도부터 잠재워야 하듯 믿음 또한 그러하다. 나는 지금 내 뜻대로 살고 있는가. 나를 믿는 만큼 성장하고 있는가. 먼저 나에 대한 믿음을 확고히 할 수 있어야 한다. 순간의 거울처럼 아이들은 나와 공명하며 매 순간 내 마음을 비춰준다. 내가 아이들을 믿는 순간 아이들은 느낀다. 교사의 신뢰감은 마음의 안정감을 주고 아이들 자신을 믿고 자신 있게 앞으로 나아가도록 해준다.

무엇을 어떻게 믿어줘야 하는 걸까. 아이들이 자신의 장단점을 모두 수용하고 성장할 것이라고 믿어 주어야 한다. 내가 잘하는 것과 잘 못하는 것 모두를 긍정적으로 받아들이고 장점을 키워나갈 수 있도록 도와주어야 한다. 그리고 마침내 원하는 모습으로 훌륭하게 성장할 것이라는 믿음을 보여주어야 한다.

아이들은 아직 정체성이 형성되지 않았다. 이 시기에 교사의 말은 아이들의 정체성을 형성하는 데에 중요한 역할을 한다. 자존감을 키우고 자신을 인정하는 힘을 얻는다. 말 한마디로 아이들은 자신이 어떤 사람이라고 생각하게 된다. '너는 창의적인 아이야, 너는 상상력이 풍부해, 너는 배려심이 많아.'라는 말을 들은 아이들은 자신을 그렇게 여긴다.

아이들이 자신을 인정하고 밝은 미래를 꿈꿀 수 있기를 바라며 하는 활동 몇 가지를 소개하려고 한다. 다음 활동은 순서대로 진행하면 더 효과적이다.

### 1. 장점 선물하기

이 활동은 하루에 한 명씩을 선정하여 교사와 친구들이 모두 그 아이의 장점을 이야기해 주는 활동이다. 이때 중요한 점은 그 아이와 있었던 구체적인 일화를 말하며 좋았던 점과 칭찬할 점을 들려주어야 한다는 점이다. 친구들의 이야기를 들은 아이는 구체적 상황에서 어떻게 행동하는 것이 좋은 행동인지 기준을 알게 된다. 자기 행동이 바람직한 행동이었음을 확인하면 아이들의 인식은 미래로 향할 수 있다. 또 자신의 이야기가 아니더라도 다른 아이들에게는 대리 강화 효과가 나타난다. 대리 강화(observational learning)는 사람들이 다른 사람의 행동을 관찰하고 그것으로부터 학습하며 이를 토대로 자기 행동을 조절하는 능력을 의미한다.

### 2. 나의 장점 찾기

다른 사람의 말을 통해 자신의 장점을 발견하는 과정을 거치면 이제 나를 들여다보는 시간을 갖는다. 내가 한 행동 중에 잘한 점, 나의 좋은 점, 칭찬해 주고 싶은 점 등을 자유롭게 적어 본다. 이때도 중요한 점은 아주 구체적인 상황에서 내가 한 행동 중 잘했거나 칭찬할 점을 적어야 한다는 점이다. 100가지의 나의 장점 찾기 활동으로 운영하는데 처음에 아이들은 자신의 장점 찾기를 어려워한다. 하지만 자신에 대해 생각해 보고 내가 한 행동을 떠올려보며 적다 보면 활동 자체를 즐거워하게 된다. 다른 사람은 미처 발견하지 못한 나의 좋은 점을 찾아보면 아이들의 자존감과 함께 성장에 대한 믿음도 자라나게 된다.

### 3. 미래의 내 모습 그려보기

자신의 미래 모습을 시기별로 구체적으로 그려보고 나누어보는 활동이다. 아래 문항 중 필요한 문항을 아이들과 이야기 나누고 정리해 본다.

· 1년 뒤에 나는 어떤 모습이 되고 싶은가요?
· 그 모습이 되려면 무엇이 필요할까요?
· 앞으로 성취하고 싶은 것은 무엇인가요?
· 5년 뒤에는 어떤 모습이 되고 싶은가요?
· 10년 뒤의 내 모습은 어땠으면 좋겠나요?
· 중학생이 되었을 때 내 모습은 어떤 모습일까요?

이 활동을 통해서 아이들 생각의 방향을 미래지향적으로 이끌어 줄 수 있다. 아이들이 미래 모습에 대해 발표할 때 아이들에 대한 믿음을 피드백해 줄 수 있다.

아이들에게 질문할 때면 나에게도 질문해 본다. '좋은 삶을 살고 있는가, 내가 성취하고 싶은 것은 무엇인가, 5년 뒤 나의 비전은 뭘까, 그렇다면 무엇을 준비해야 할까, 10년 후 나의 모습은 어떨까, 나의 장단점을 모두 인정하면서 있는 그대로의 나를 수용하고 있는가, 아이들과 함께 성장하는 삶을 살고 있는가.' 아이들이 좋은 방향으로 성장할 것이라고 믿는 만큼 나 또한 좋은 삶을 향해 나아가고 있다고 믿는다. 부족한 부분마저 나임을 인정하고 더 좋아질 수 있을 거라고 기대한다. 나를 믿고 아이들을 믿어 줄 때 서로에 대한 긍정하는 마음이 싹틀 수 있다. 우리는 좋은 관계라는 상호 믿음이 바탕이 될 때 모두의 변화와 성장이 시작된다.

# 말이 인내의 씨가 된다

"여기 마시멜로가 하나 있어. 바로 먹어도 되지만 내가 나갔다가 돌아올 때까지 먹지 않고 있으면 두 개를 먹을 수 있어."

실험은 선생님이 나가자마자 마시멜로 한 개를 먹은 아이와 참았다가 두 개를 먹게 된 아이의 15년 후의 모습을 비교한다. 그 유명한 마시멜로 실험이다. 마시멜로를 끝까지 먹지 않고 참았던 아이들은 크는 과정도 훌륭했고 대인관계도 좋았으며 학업 성적도 좋았다. 반면 선생님이 나가자마자 마시멜로를 먹어버린 아이들은 약물중독과 사회 부적응 등의 문제점을 보였다고 한다. 이에 1981년 미셸 박사는 어린 시절 인내심을 발휘했던 아이들은 자라서도 성공적인 삶을 살게 되고 그렇지 못한 아이들은 주위의 유혹에 잘 흔들리는 어른으로 성장한다는 결과를 발표했다.

마시멜로의 유혹에 넘어가지 않는 것과 미래의 성공적인 삶과의 상관관계를 완벽히 증명할 수는 없다 하더라도 자기 통제력이 원하는 삶을 살기 위해 중요함을 생각해 보게 하는 실험이다.

"발표하고 싶은 친구는 손들어 보세요."

연수가 일어나 발표를 시작하자 아이들 몇 명이 다시 손을 들었다.

"친구가 발표할 때는 손 들지 말고 기다리세요."

한 명씩 발표할 때마다 아직 발표하지 못한 아이들은 습관처럼 다시 손을 든다. 자기가 발표할 차례가 늦어질수록 "선생님은 왜 여기는 안 보세요.", "왜 저만 안 시켜 주세요." 등 불만의 목소리가 여기저기서 들려온다. 자신의 차례가 오기를 기다리지 못한다. 활동 과제를 할 때도 시간이 오래 걸리거나 어려운 과제는 하지 않으려 하는 아이들도 있다. 내가 검사하지 않으면 중간에 쉽게 포기하기도 한다.

어리기 때문에 오래 참지 못하고 기다리지 못하는 것이 자연스럽고 당연한 일이라고 생각해 왔다. 하지만 마시멜로 두 개라는 미래의 보상을 위해 현재의 만족을 지연시키는 아이들은 분명히 있다. 우리의 뇌는 미래의 보상에 더욱 열광한다고 하는데 이를 가르쳐줄 수 있지 않을까. 인내심이 선천적이라는 견해도 있지만 현재 많은 전문가가 양육 방식과 경험과 교육적 환경 등의 후천적 요인이 중요하게 작용한다고 한다.

아이들의 인내심은 학습을 통해 길러질 수 있다고 믿는다. 체계적이고 반복적인 훈련을 통해 배울 수 있다. 처음 자전거 타는 법을 배울 때는 누군가 옆에서 가르쳐 주고 잡아주어야 하듯 인내심을 기르는 데에도 조력자가 필요하다. 왜 기다려야 하고 끝까지 완주해야 하는지, 어떻게 해야 하는지를 알려주고 도와줘야 한다. 중간에 그만두려고 할 때 옆에서 격려해 주고 일으켜 주는 사람이 있을 때 아이들은 포기하지 않고 나아갈 수 있다. 넘어지고 부딪히는 연습의 과정을 거쳐 혼자서 자전거를 탈 수 있듯 반복 연습을 통해서 끈기라는 덕목을 키울 수 있다.

아이들이 참지 못하는 것이 당연하다 생각했을 때는 끈기를 학습과 훈련으로 기를 수 있을 거라고는 생각하지 못했다. 그래서 아이들에게 기대하지 않았다. 아이들을 대하는 내 마음도 조급했다. 아이들이 과제를 완수하지 못할 것 같으면 내가 먼저 가서 도와주었다. 스스로 끝까지 해내도록 기다려주지 못했다. 학년 초에 1년 동안 해보려고 계획했던 활동을 중간에 그만두기도 했다. 아이들이 잘 따라오지 못한다는 이유 때문이었다.

1학년 아이들을 가르치고 나서야 비로소 아이들을 기다려주는 마음을 배웠다. 수업 중 한 번의 설명으로 아이들을 이해시키는 것은 불가능했다. 서른 명의 아이들에게 각각 서른 번의 설명을 해주며 인내심이라는 단어를 떠올렸다. 교사에게 꼭 필요한 자질이 기다림과 인내심이라는 사실을 매일 경험으로 터득했다. 지식의 전달자보다 성장의 조력자로 옆에서 묵묵히 지켜봐 주는 것이 교사의 역할임을 느꼈다. 그 시간을 지나오며 아이들은 믿고 기다려주면 어떤 덕목이든 배우고 익혀 성장하는 존재임을 눈으로 확인할 수 있었다. 그래서 이제는 어떤 활동이든 중간에 그만두거나 포기하지 않는다. 1년을 계획했다면 꾸준히 이어간다.

중간에 방법을 수정하더라도 꾸준히 지속하면 아이들도 나도 한 뼘 자란다고 믿기 때문이다.

아이들의 인내심을 키우는 방법을 몇 가지 제시해 보자면

**1. 아이들에게 도전할 수 있는 목표를 제시해 준다**

쉽지 않은 목표를 설정하되 너무 큰 목표는 쉽게 지치거나 포기할 수 있으므로 목표를 세분화하여 제안한다. 작은 목표를 달성해갈 때 아이들은 지속적인 성취감을 느낄 수 있다. 이때 아이들에게 동기 부여해주는 일은 교사의 몫이다. 학기 초에 반 아이들과 1년 동안의 독후 활동과 글쓰기 활동의 공통목표를 정하고 시작한다. 그리고 월별, 주별 달성 목표를 세분화해서 알려준다. 처음에 거창하게 느껴지는 목표일지라도 일주일에 한 번씩 확인해주고 칭찬해 주면 아이들은 큰 부담 없이 목표를 달성할 수 있게 된다.

**2. 긍정적인 피드백을 해주어야 한다**

아이들이 이룬 작은 성과에 대한 보상은 교사의 칭찬이다. 격려의 말 한마디로 아이들은 다음 목표를 이어갈 힘을 얻는다. 스스로 잘 해내고 있고 성장하고 있음을 확인받는다. 아이들이 노력한 내용을 세세하게 짚어주고 방향을 제시해주면 다음 목표로 수월하게 나아갈 수 있다. 세 줄 쓰기 활동에서 아이들과 하루, 한 주간, 한 달, 나아가 한 학기와 1년

의 목표를 정하고 적어 본다. 학기 초, 월초, 월요일, 그리고 하루의 시작인 아침 시간에 아이들과 이루고자 하는 꿈의 목록을 공유한다. 그리고 꿈을 향해 나아가고 있는 아이들에게 과정을 잘 건너가고 있다고 격려해 준다. 작심삼일이 될 수도 있는 목표도 교사가 옆에서 다음 단계로 나아가도록 확인해주고 손잡아 주면 아이들은 동력을 얻는다. 한 걸음씩 나아가는 아이들 마음엔 어느새 인내심이 자리 잡게 된다.

### 3. 아이들 스스로 인내심이 있다는 믿음을 심어준다

작은 성취를 반복하도록 하여 자신이 끈기를 갖고 잘 해내고 있다고 믿도록 해주어야 한다. 과제를 수행하고 목표를 성취한 일은 아이들이 한 일이다. 인내심을 갖고 스스로 해낸 일이라는 사실을 짚어주면 아이들은 오랫동안 노력할 힘을 얻는다. 목표에 도달하지 못했다면 목표를 수정하거나 다른 방법으로 나아갈 수 있도록 피드백해 준다. 자신이 끈기가 있다고 믿게 된 아이들은 개선하여 실천하는 의지력이 생긴다.

### 4. 학급 전체가 함께 할 수 있는 목표를 정하고 1년간의 루틴으로 만든다

공통의 목표를 정하고 실천하는 과정에서 아이들은 서로를 보고 배운다. 매주 함께 책을 읽고 독후 활동 하며 아이들은 목표를 향해 함께 나아가고 있다는 사실에 자극도 받고 안정감도 느낀다. 세 줄 쓰기로 글쓰기가 익숙해진 아이들은 매주 한 편의 글을 쓰고 함께 읽는다. 차곡차곡 쌓이는 자신의 글들을 보며 보람도 느끼고 생각도 한 뼘 자란다. 한 해의 끝자락이 되면 아이들은 도서관에서 책을 빌려 읽는 것이 습관이 되어 정해진 시간이 아니더라도 스스로 도서관을 찾게 된다. 글쓰기는 매주 한 편의 과제가 아니라 자신이 쓰고 싶을 때 자연스럽게 글을 쓰는 습관이 된다. 1년간의 루틴은 우리가 함께 정한 목표에 자연스럽게 도달하게 하고 아이들에게는 꾸준함이 자리 잡게 한다.

### 5. 여유 있는 마음으로 허용적인 학급 분위기가 되도록 한다

아이들에게 무조건 참으라고 강요할 수는 없다. 아이들도 시간적인 여유가 필요하다. 선생님이 시키는 대로 생각 없이 무조건 따라간다고 아이들의 인내심이 자라는 건 아니다. 아이들이 생각할 시간도 주고 부정적인 감정과 반응도 수용해주는 선생님 마음의 여유가 있어야 한다. 인내의 씨앗을 발견해 주고 키워주려면 선생님도 마음의 여유와 인내심이 필요하다.

인내는 긴 레이스가 아니라 짧은 레이스의 연속이라 했다. 하루라는 짧은 레이스가 성공하여 모이면 1년의 긴 레이스의 성공이 된다. 연습을 통해 학습된 근면과 인내로 성공한 하루를 만들 수 있다. 눈앞의 마시멜로 하나를 맛있게 먹을 수도 있지만 몇 분 후에 두 개를 먹을 수도 있고 때로는 친구에게 양보할 수도 있다. 중요한 건 자기 절제력을 배우고 익혀 오늘 하루를 의지대로 살아낼 수 있는가이다. 기다릴 줄 알고 쉽게 포기하지 않는 태도로 보낸 하루가 모이면 성공한 1년이 된다. 인내는 써도 열매는 달다.

# 진심일 때만 움직이는 아이들

"채현아, 내 카카오톡 프사에 있는 채현이는 바로 너였어!"

지난 토요일 채현이는 선아에게 전화했다.

"선아야, 어디야?"

"나 치과."

"치과 갔다 오면 나랑 놀 수 있어?"

"치과 갔다가 엄마랑 마트에 가기로 해서 못 놀 것 같아."

"그래, 알았어."

하지만 선아는 치과 진료 후 마트에 안 가게 되었다. 그리고 수아에게 전화가 왔다.

"선아야, 놀 수 있어?"

"응. 원래 마트 가기로 했었는데 다음에 가기로 해서 놀 수 있어."

"그래? 그럼 만나자!"

선아와 수아는 만나서 함께 동네를 산책했다. 채현이에게 연락하는 것을 깜빡한 선아는 채현이에게 조금 미안한 마음이 들었지만 연락하지 못했다.

채현이는 뒤늦게 선아와 수아가 주말에 만났다는 것을 알게 되자 내심 서운한 마음이 들었다. 며칠 전부터 수아에게 오는 카톡 메시지도 이상하게 신경이 쓰였지만, 답장을 안 하고 있던 터라 더욱 기분이 나빴다.

수아 프사에는 '지수, 다현이, 선아, 이채현. 나의 단짝 친구들'이라고 되어 있었다.

'채현아, 오해하지 마. 나한테 이채현이란 친구가 또 있어.' 수아에게 온 카톡 메시지였다.

"엄마, 이채현이 내가 아니라 다른 친구를 말하는 건가 봐."

채현이는 서운한 마음에 엄마에게 고민을 털어놓았다. 눈물이 났다. 이제 수아에게 온 메시지에 답장도 하지 않았다.

'나만 따돌리는 것 같아. 내가 뭘 잘못한 걸까? 잘 모르겠어.'

채현이 어머니로부터 상담 요청을 받고 수아, 채현이, 지수, 다현이, 선아를 불렀다.

수아에게 채현이에게 하고 싶었던 말이 무엇인지 물었다.

"버스킹 공연에 나갈지 말지 확정도 안 되었는데 너무 팀을 나눠서 연습하는 것 같았어요. 공연에 참여하는 게 확정되면 연습했으면 좋겠어요. 그리고 스카이 걸스 팀원들한테 채현이가 우리 팀끼리만 붙어 다녀야 하고 점심시간에도 운동장에 나가면 안 된다고 했다는데 그건 좀 아닌 것 같아요."

채현이가 말했다.

"그렇게 생각했다면 미안해. 우리 팀끼리만 꼭 같이해야 한다는 뜻으로 말한 건 아니었어."

그리고 채현이가 수아에게 카카오톡 프사에 관해 물었다.

"채현이란 친구가 여러 명 있다고 했는데 그게 무슨 말이었어?"

"그건 다른 친구들은 성을 빼고 이름만 적었는데 너만 성을 붙여서 미안해서 그렇게 말한 거였어. 채현이란 친구가 또 있거든. 프사에 있는 채현이는 너 맞아."

수아의 말을 듣자 채현이는 눈시울이 붉어지며 눈물을 뚝뚝 흘렸다. 그리고 붉어진 얼굴로 한참을 멍하게 있었다.

채현이는 점심시간에 친구들과 함께 그리고 있는 〈미녀 4총사〉 만화도 기분이 좋지 않아 안 그린다고 말했다고 했다. 수아, 선아, 다현이는 채현이가 "나 빼고 너희들끼리 그려."라고 한 말에 채현이가 신경 쓰여 만화도 그리지 못했다. 채현이는 그런 친구들이 고마웠지만 그 마음을 표현하지 못했다고 말했다.

서로의 마음을 확인한 아이들은 화해했다. 그리고 나서도 아이들 사이의 갈등은 몇 차례 계속되었고 상담도 계속했다.

학기 초에 친구 문제로 고민하는 아이들과 하는 상담은 시간도 오래 걸리고 공감하는 과정이 쉽지 않았다. 하지만 친해지는 과정을 겪으며 아이들은 저마다의 갈등 해결 방법을 찾아가는 것이 느껴졌다. 친구들의 성향도 파악하고 문제 상황이 생겼을 때 어떻게 행동할지 스스로 배우는 것 같았다.

2학기가 되고 나서 쉬는 시간과 점심시간에 이 아이들에게 갈등이 생기는 장면을 몇 차례 목격했다. 하지만 이제 나를 찾지 않았다. 문제가 생기면 아이들은 동그랗게 모여 앉아 이야기를 나누기 시작했다. 서로에게 서운했던 점이나 하고 싶은 이야기를 얼굴을 보며 직접 이야기를 주고받았다. 이야기를 들은 아이는 오해를 풀어주거나 사과했다. 그런 아이들의 이야기를 쫑긋해진 귀로 귀동냥하는 내내 흐뭇했다.

또 다른 아이들은 나에게 와서 얘기할 것이 있는데 잠시 하고 와도 되냐고 물었다. 허락받은 아이들은 갈등을 해결하고 다시 밝은 얼굴이 되어 돌아왔다. 아이들은 이제 스스로 문제를 해결할 힘이 어느 정도 생긴 것 같다. 학급에서 함께 하는 1년 동안 서로 이해하고 맞춰가는 아이들을 보면 대견하고 뿌듯하다. 성장한 아이들을 볼 때 보람을 느낀다.

아이들의 마음을 움직이는 방법은 스스로 마음을 움직이고 싶다는 기분이 들게 하는 것밖에 없다. 아이들의 말을 듣지 않고 내가 정한 기준에만 따라오도록 한다면 아이들 마음마저 따라오게 하지는 못한다. 진정으로 하고 싶은 마음이 들 때만 아이들은 스스로 움직인다. 아이들 자신이 소중한 사람임을 느낄 수 있도록 대해주고 인정해 줄 때 아이들의 마음은 열리기 시작한다. 열린 마음 틈 사이로 선생님의 말씀이 들어오고 친구들의 말이 들어온다.

마음이 준비된 아이들은 스스로 긍정적인 방향을 찾아 나선다.

제5장

# 결실을 맺는 시간

# 성실함을 키우는 비결

아이들과 만나는 1년 동안 내가 해줄 수 있는 게 무엇일까. 매일 같은 시간에 만나 하루라는 소중한 시간을 함께 보내는 아이들에게 내가 길러줄 수 있는 것은 아마도 좋은 습관이 아닐까 한다. 무엇을 하더라도 매일 꾸준하게 반복하면 루틴이 되고 습관이 되어 좋은 변화를 가져올 수 있다고 믿기 때문이다.

행동 심리학에서는 강화가 발생하는 교육적 환경을 만들어 원하는 목표에 도달할 수 있다고 본다. 체계적으로 준비된 시스템 안에서 아이들은 변화한다. 이런 관점에서 본다면 성실함이라는 덕목을 향한 강화 시스템 안에 있는 아이들은 성실하게 변화하고 이를 습관화할 수 있다고 하겠다.

스테판 레이 플로라가 쓴 『학습과 보상』이라는 책에서는 강화에 대해 이렇게 설명하고 있다. 강화는 결과에 강화를 줌으로써 그 행동의 비율이 증가하는 과정이다. 강화물이란 결과에 선행하는 어떤 행동의 빈도를 증가시키는 무엇인가를 의미한다. 정적 강화는 행동의 결과로써 사건이나 자극이 제시되고 그 행동이 증가할 때 발생한다. 소설을 읽으면서 내용의 흥미진진함을 느끼면서 읽는 비율이 증가한다면 책의 내용과 흥미가 소설을 읽는 행동을 정적으로 강화하는 것이다.

아이들에게 주로 사용하는 강화물은 토큰, 칭찬, 점수, 사탕 등이 있다. 예전에는 이런 강화물을 최대한 많이 사용하면 아이들에게 좋은 영향을 줄 거라 믿었다. 그래서 주로 토큰 강화를 사용했었다. 아이들을 모둠으로 나누고 모둠별로 칭찬받을 일이 있을 때마다 포인트를 주었다. 정해진 기간 포인트를 많이 모은 모둠원에게 구체적인 보상을 해주었다. 사탕이 되기도 했고 원하는 것을 먼저 하도록 해주기도 했다. 하지만 포인트를 주는 기준은 수업 중 아이들이 내가 강화하고 싶은 행동을 했을 때였다. 처음부터 구체적인 기준이나 목표를 제시하지 못했었다. 그러다 보니 내 기분에 따라서 포인트 주는 기준이 바뀌기도 했고 아이들 간의 경쟁이 과열되기도 했었다. 또한 개별적으로 강화해 주지 못한다는 단점이 있었다.

방법을 바꾸어 사회적 강화 방법을 적용해보았다. 포인트나 사탕보다 칭찬과 격려로 강화물을 변경했다. 모둠별이 아닌 개별적인 강화에 중점을 두었다. 차별적인 칭찬과 함께 교정할 부분도 가능하면 다정하게 알려주려 노력했다. 그리고 아이들에 대한 강화의 기준을 점진적으로 높여갔다. 똑같은 내용의 칭찬도 계속 들으면 더 이상 칭찬이 아니니 칭찬의 내용과 기준점을 계속 높여갔다. 1년이 끝나갈 즈음에는 아이들의 변화를 눈으로 확인할 수 있는 경우도 많았다.

수업은 살아 있는 생물과 같아서 수업 중에는 나와 아이들 간에 미묘한 상호작용이 계속된다. 의도하든 의도치 않든 아이들의 행동은 교사의 말 한마디에 끊임없이 강화를 받거나 벌을 받는다. 앞에서 소개한 책 『학습과 보상』에서 나온 교사와 아이 간의 상호작용의 예시를 소개해 보려고 한다.

**1. "영어로 'cat'의 철자를 말해볼까?"**

"k-a-t 요."

"아니, 틀렸어."

이때 교사는 잘못된 철자뿐 아니라 아이의 시도에도 벌을 주고 있다. 최선을 다한 아이에게 벌을 준다면 아이는 더 이상 노력하지 않을지도 모른다.

**2. " 'cat'의 철자를 말해보렴."**

"k-a-t 요."

"아주 좋아! 거의 맞추었어. 다시 한번 생각해볼래?"

이때 교사는 철자가 틀렸음을 알려주면서 아이의 노력에 강화해 주었다. 아이는 한 번 더 생각해보고 시도하려고 할 것이다.



**3. "'cat'의 철자를 말해보렴."**

"k–a–t 요."

"아주 좋아! 거의 맞췄어! 그럼, 이제 'ka' 소리를 낼 수 있는 다른 철자를 한 번만 생각해볼까?"

"c?"

"맞았어. 그럼 다시 철자를 말해보자."

"c–a–t."

"아주 잘했구나. 'c–a–t'가 맞단다. 정말 잘했다."

이때 교사는 아이의 틀린 부분을 알려주면서 노력한 점을 강화했다. 나아가 틀린 곳을 바로잡은 것에 대한 강화를 주고 마지막으로 교사 자신이 옳은 철자를 말해주었다. 이 예시로 짧은 단어 하나를 가르치는 데에도 많은 양의 강화가 제공되어야 함을 확인할 수 있다. 교사의 말이 곧 강화이고 교육이다.

그렇다면 체계적인 강화를 설계할 때 고려해야 할 점은 무엇일까.

### 첫 번째는 아이들이 하고자 하는 성취동기는 정적 강화와 연결되었을 때 발달한다는 점이다

아이들에게 높은 기대감과 긍정적인 감정을 표현해 준다면 아이들은 기대에 부응해 줄 것이다. 그리고 아이들이 잘했을 때 격려해 주고 칭찬해 주면 아이들은 좋은 행동을 선택하고 더 높은 목표를 세울 수 있다. 성공에 대한 정적 강화는 아이들에게 동기부여로 작용한다.

**두 번째는 아이들이 도달해야 할 기준점을 사전에 설정해 두어야 한다는 점이다**

국어 시간 주제에 맞는 글쓰기를 할 때 글을 완성했다고 칭찬하지는 않는다. 주제에 맞게 쓰는 형식과 내용을 갖추어 글을 완성했을 때 비로소 아이는 칭찬받는다. 물론 작문의 초기 단계라면 설정 기준은 다를 수 있다.

**세 번째로는 아이들이 강화 받기 위하여 필요한 노력의 수준을 점진적으로 높여야 한다는 점이다**

내가 성실함을 목표로 강화하는 방법이다. 1단계는 학기 초에 아이들의 기본 생활 습관을 길러주는 데 중점을 둔다. 책상 정리, 앉는 자세, 가방 정리, 책상 서랍 정리, 수업 전 교과서 준비 등이다. 1학년부터 6학년까지 모든 학년의 아이들에게 필요하다. 아이들을 개별적으로 칭찬하기도 하고 학급 전체를 대상으로 교정해주기도 한다. 아이들은 마음만 먹으면 누구나 할 수 있고 칭찬도 받을 수 있다. 지속적이고 꾸준하게 강화를 이어가지만 똑같은 빈도와 내용으로 칭찬하지는 않는다. 2단계로는 바른 수업 태도와 발표, 적극적인 활동 참여 등에 대해 집중적으로 강화한다. 아이들이 좀 더 노력을 기울여야 하는 기준으로 칭찬의 기준을 높여준다. 3단계는 나의 말을 경청하고 친구들을 배려해주는 등 보다 노력해야 할 만한 행동을 보여주는 아이들을 칭찬한다. 친구들을 보며 배우고 이렇게 하면 나도 칭찬받는다는 사실을 알고 아이들이 잘하려고 하는 모습을 볼 수 있다. 마지막 단계로 과제를 수행하고 높은 성취를 보였을 때 노력과 과정에 대해 충분히 격려해 준다. 이런 강화 단계를 거치며 아이들이 자연스럽게 성실한 태도가 길러지고 성실함이 습관으로 자리를 잡는 모습을 많이 볼 수 있었다.

**네 번째는 일관성 있게 즉각적으로 피드백해 주어야 한다는 점이다**

선생님의 칭찬을 받은 아이는 칭찬받은 행동에 주력하고 빈도를 높인다. 인사를 잘한다고 칭찬받은 아이는 인사를 더욱 잘하게 된다. 숙제를 안 해오던 아이가 숙제를 해왔을 때 격려받으면 다음에는 숙제를 더 잘해오려고 애쓴다. 칭찬으로 아이들의 행동을 형성시킬 수 있었다. 일관적으로 기대 행동을 보면 즉시 강화해 주는 것이 아이들의 성취도를 높여주었다.

**다섯 번째는 바람직하지 않은 행동보다**
**잘한 행동에 대한 강화가 효과적이라는 점이다**

문제 행동에 대해 언급하고 벌을 주는 일은 그 행동을 강화하는 결과를 가져올지도 모른다. 문제 행동을 간과해서는 안 되지만 중점을 두어선 아이들에게 강화의 효과를 기대할 수는 없다. 교사가 설정한 목표에 접근하는 행동에 대한 강화가 바람직하지 않은 행동에 초점을 두는 것보다 훨씬 좋은 결과를 가져올 수 있다.

아이들의 성실함이 강화의 산물이 될 수 있다고 믿는다. 기본 생활 습관부터 수업 태도 및 학업 태도까지 습관으로 길러줄 수 있다는 믿음을 갖고 아이들을 만난다. 성장에 대한 기대가 담긴 말과 체계적으로 준비한 말이 아이들에게 햇빛과 적절한 양분이 되어 싱그럽게 자라나는 모습을 상상해 본다. 백 권의 책에 쓰인 말보다 한 가지 성실한 마음이 사람을 움직인다는 말을 떠올리며 한결같은 마음으로 아이들을 만나고 싶다.

## 웃음은 말보다도 힘이 세지요

"선생님, 선생님 웃음이 3초 만에 사라져요!"

점심시간 급식실에서 식판과 수저를 들고 줄 서 있던 우리 반 도윤이가 나를 보고 큰 목소리로 말했다. 당황하여 도윤이를 보고 다시 웃었다. 하지만 나도 모르게 얼굴 근육이 살짝 경직되었다.

"얘들아, 선생님 봐봐. 선생님이 씩 웃다가도 3초만 지나면 웃음이 사라진다. 1초, 2초, 3초."

아이들 몇몇이 내 얼굴을 보면서 "1초, 2초, 3초." 하며 도윤이를 따라 한다. 그런 아이들이 귀엽고 웃겨서 다시 웃을 수밖에 없었다. 식판을 받아 들고 자리에 앉은 아이들의 시선이 느껴졌다. 내가 웃을 때만을 기다리고 있다는 듯한 얼굴들이었다. 서로를 바라보다가 다시 웃음이 터졌다.

마스크를 벗은 지 얼마 되지 않았다. 코로나로 마스크를 쓴 채 생활했던 지난 3년 동안 마스크는 얼굴의 일부가 된 듯했다. 수업할 때는 서로 눈만 내놓은 얼굴로 마스크 안에서 웅얼거리는 아이들의 목소리를 들으며 대화하는 것도 익숙해졌다. 서로 거리 두기를 하는 만큼 마음의 거리도 멀어진 것 같았다. 나와 아이들은 점점 무표정해졌고 교실에선 웃음소리가 사라졌다. 코로나가 끝나가고 막상 마스크를 벗으니 아이들이 보기에도 웃는 내 얼굴이 어색하게 보였나 보다.

코로나가 시작된 2020년에는 아이들이 학교에 절반도 넘게 등교하지 못했다. 그래도 원격 수업을 할 땐 마스크 벗은 얼굴을 화면으로 볼 수 있었다. 2022년에는 전면 등교하게 되었지만, 마스크는 벗지 못했다. 그래도 아이들은 등교한 것만으로도 좋아했다. 마스크 벗은 아이들의 얼굴을 처음 본 곳은 수영장이었다. 생존 수영 수업 시간에는 어쩔 수 없이 모두가 마스크를 벗어야만 했다. 급식 시간 잠깐씩 마스크 벗은 얼굴을 봤을 때와는 또 달랐다. 심지어 급식을 먹을 때도 마스크를 쓰는 아이들도 있었다. 수영장 안에서는 눈만 보이던 아이들이 입까지 벌린 채로 활짝 웃고 있었다. 아이들의 표정은 여전히 살아 있었다. 반 아이들 모두가 맨얼굴로 밝게 웃는 모습을 2년 만에 처음 보았다. 아이들의 해맑은 웃음을 그동안 잊고 있었다.

웃음은 두 사람 간의 가장 가까운 거리라고 했다. 코로나가 끝나가면서 교실의 가림막을 걷어내고 다시 책상을 붙여 앉았다. 아이들 간의 거리는 언제 그랬냐는 듯이 가까워졌다. 마스크도 특별히 아픈 경우가 아니면 쓰지 않게 되었다. 아이들과의 소통도 다채로워졌다. 표정만으로도 감정을 읽을 수 있었다. 입 모양을 보면서 대화하니 의사 전달도 분명해졌다. 아이들의 발음도 점점 정확해짐을 느낄 수 있었다. 조용하던 교실은 아이들의 목소리와 웃음소리로 다시 활기를 띠기 시작했다. 가까이에 앉아 서로의 얼굴을 바라보며 웃을 수 있는 것이 기쁜 일이라는 것을 코로나를 겪고 나서야 알게 되었다.

생존 수영 수업 마지막 날, 깜짝 이벤트로 반 아이들을 수영장 건물 1층에 있는 아이스크림 가게로 데리고 갔다. 아이스크림 가게로 향하는 순간부터 "선생님 사랑해요.", "선생님 최고예요." 등의 애교 섞인 말들과 함께 아이들의 환호성이 이어졌다. 먹고 싶은 아이스크림을 하나씩 고르는 아이들의 얼굴에선 웃음이 떠나질 않았다. 민트 초코칩, 아몬드 봉봉, 엄마는 외계인, 뉴욕 치즈 케이크, 베리베리 스트로베리 등 고르는 맛도 다양했다. 아이스크림콘을 받아 쥔 아이들은 마주한 친구들과 신나게 이야기 나누며 아이스크림을 먹었다. 아이스크림 하나로 세상 가장 행복한 얼굴이 되는 아이들이 마냥 귀여웠다.

"선생님, 지훈이랑 지우 좀 보세요." 어느새 가게 밖으로 나간 친구들을 보며 윤아가 말했다.

유리로 된 통창 앞에 지훈이와 지우가 얼굴을 대고 서 있었다. 한 손에는 아이스크림콘을 쥐고 다른 한 손으론 앞머리를 쓸어 올려 얼굴을 유리창에 대고 누르고 있었다. 눈, 코, 입이 납작하게 눌려 스타킹을 뒤집어쓴 얼굴처럼 되어 있었다. 나도 모르게 웃음이 터져 나왔다. 반 아이들 모두가 폭소를 터뜨렸다. 뒤 따라 나간 현수와 아름이도 지훈이와 지우 옆에 나란히 서서 유리창에 얼굴을 대고 웃긴 표정을 만들었다. 아이스크림 가게를 가득 메운 서른 명의 웃음소리가 경쾌하게 울려 퍼졌다. 웃음만으로도 충분했다. 말이 필요치 않았다.

아이들의 미소가 다시 돌아온 교실에서의 하루는 생기가 넘친다. 이제는 아이들과 마음껏 소리 내어 웃는 일상이 자연스럽다. 더 이상 아이들은 나의 3초 웃음을 놀리지 않는다. 웃고 싶은 만큼 웃는다. 작은 일에도 잘 웃는 아이들의 거울처럼 나도 웃는 일이 많아졌다. 환하게 웃는 아이들의 얼굴을 보면 나도 모르게 미소가 번진다.

사람이 대화할 때 상대방으로부터 받는 인상은 말로 전달하는 내용이 7%, 목소리와 음조가 38%, 몸짓이 55% 차지한다고 한다. 말보다도 그 외의 외적인 요소로부터 받는 영향이 더 크다는 영국 「심리학 저널」의 연구 결과이다. 이 결과로 대화할 때는 말하는 사람의 표정과 손동작 등이 절반 이상 큰 비중을 차지한다는 것을 알 수 있다. 그리고 말의 톤이나 속도, 말과 말 사이의 침묵 등 말의 내용을 어떻게 전달하느냐도 중요하다는 점도 생각해 보게 된다.

말은 말의 내용만으로 이루어지지 않는다. 표정과 몸짓, 눈빛, 목소리의 높낮이와 크기, 말의 빠르기, 목소리에 담긴 표정이 말을 이루고 있다. 아이들은 선생님의 전체적인 인상을 보며 듣는다. 그래서 어쩌면 아이들에게 하는 백 마디의 말보다 찰나의 환한 웃음 한번이 더 큰 힘을 발휘할지도 모른다. 3초 웃음이라도 아이들과 눈 마주하며 웃는 순간을 아이들은 긍정의 말로 받아들였다. 항상 미소 짓는 밝은 얼굴로 아이들을 만났으면 한다. 열 마디의 훈화보다 아이들과 눈 마주치며 한 번 더 웃을 수 있는 선생님이 되고 싶다.

# 어쩌면 두 번 다시 오지 않을 시간

"선생님, 오늘이 우리가 보내는 마지막 월요일이에요."

아침 일찍 등교하는 재환이와 유겸이가 얼굴을 맞대고 조용히 속삭이다가 나에게 해준 말이다.

컴퓨터 모니터를 보고 있다가 책상 위에 놓인 탁상 달력으로 고개를 돌렸다. 2023년 12월 18일 월요일, 달력의 마지막 장 12월을 2주 남겨두고 있다. 다음 주 월요일은 크리스마스라 공휴일이다. 그다음 주는 1월 1일 설날이라 또 공휴일이다. 1월 첫 주에 방학식을 하니 정말 재환이 말대로 오늘이 마지막 월요일이다. 아이들이 모두 등교하고 나니 마지막 월요일 이야기로 교실이 웅성거린다.

우리 반 아이들과 함께한 지 벌써 1년이 다 되어간다. 지나간 시간이 어느새 추억이 되려고 한다. 아이들이 서로 헤어짐을 아쉬워하는 모습이 귀엽다. 그동안 친구들과 쌓은 추억이 많아서일까. 올해 만난 아이들은 유독 서로 잘 지낸다. 다투었어도 금방 화해한다. 자존감이 높고 자신감이 넘친다. 칭찬받거나 스스로 잘했다는 생각이 들면 너 나 할 것 없이 "선생님 저 잘했죠? 역시 나야!"라는 말을 자주 한다. 이 아이들과 함께한 소중한 추억이 될 순간들이 떠오른다.

가정 먼저 떠오르는 것은 '우주 대스타 팬 사인회'이다. 매달 마지막 주에 하는 행사로 그달 생일을 맞이한 아이들이 팬 사인회 주인공이 된다. 생일자는 자신의 꿈을 이룬 우주 대스타가 되어 팬 사인회를 한다. 반 친구들은 대스타에게 생일 축하와 칭찬이 적힌 쪽지를 읽어주고 사인을 받는다. 사인지는 행운권이 되어 추첨하고 뽑힌 아이들은 선물을 받는다. 마지막으로 팬들은 대스타에게 궁금한 것을 물어보는 인터뷰 시간을 갖는다. 아이들은 주인공이 된 친구들을 잘도 챙겨준다. 사인회 장소가 되는 교실 앞쪽으로 주인공의 책상과 의자를 서로 옮겨주며 도와준다. 주인공이 등장할 때는 큰 소리로 환호하며 맞이해준다. 줄을 길게 늘어서서 주인공에게 축하와 칭찬 쪽지를 읽어주고 사인을 받는 아이들의 모습이 제법 진지하다. 축구 선수, 요리사, 아나운서, 과학자, CSI 요원 등 친구들의 다양한 꿈에 서로 응원해주고 축복해 준다. 사인회 후에는 장기자랑을 하고 간식을 함께 먹는다. 마지막은 랜덤 플레이 댄스 타임으로 반 전체 아이들이 신나게 춤을 춘다. 1년 내내 쉬는 시간과 점심시간에는 뮤지컬, 아이돌 댄스, 요요 등 장기자랑을 준비하는 아이들의 모습이 일상이었다. 이렇게 3월부터 시작한 사인회도 어느덧 마지막을 남겨두고 있다.

어린이 달 5월, 학교 앞 공원으로 체험학습을 갔다. 싱그러운 연초록이 가득한 완연한 봄날이었다. 시원한 그늘이 드리워진 참나무 숲으로 가서 돗자리를 펴고 옹기종기 모여 앉았다. 몇몇 아이들은 돗자리에 누워 나뭇가지 사이로 하늘을 바라보았다. 옆 친구와 이야기 나누거나 멍하게 앉아 있기도 하며 쉬었다. 나무 사이로 불어오는 미풍이 부드럽고 시원했다. 아이들은 교실 안에서보다 왠지 차분했다. 숲해설가 선생님께서 준비해 주신 해먹 그네도 탔다. 나무 기둥 사이 묶어 놓은 해먹 위에 한 명이 올라가 누우면 옆에 있던 친구들이 해먹을 그네처럼 밀어주었다. 해먹이 양옆으로 요람처럼 흔들릴 때 누운 아이도 밀어주는 아이들도 함께 웃으며 신나 했다.

공원에는 한강이 내려다보이는 언덕 위에 정자가 있었다. 아이들이 숲에서 식물 그림을 그리는 동안 잠시 정자로 와서 보물쪽지를 숨겨 놓았다. 어린 시절 추억의 보물찾기를 해주고 싶었다. 정자 아래로 펼쳐진 초록 잔디밭 위에 놓인 바위틈 사이사이에 숫자가 적힌 쪽지를 숨겼다. 쪽지에는 아래와 같이 소파 방정환 선생님의 명언과 숫자를 적어 놓았다.

**어린이는 어른보다 한 시대 더 새로운 사람입니다!**

반 아이들에게 비밀 이벤트였던 만큼 내 이야기를 듣자, 아이들은 좋아하며 100m 달리기라도 할 듯 들썩였다. 호루라기 신호와 함께 보물찾기를 시작했다. 순식간에 잔디밭 위로 흩어진 아이들은 보물쪽지를 금세 찾고 소리쳤다. "선생님 저 찾았어요!", "여깄다!" 구름 없는 파란 하늘 아래 노란색 반 티를 입은 아이들이 초록빛 잔디 위에서 바쁘게 이리저리 뛰어다녔다. 연둣빛 물감을 타 놓은 숲이 바람에 한들한들 흔들렸다. 오월처럼 사랑스러운 아이들이었다. 오월처럼 싱그러운 아이들이었다.

"선생님, 남자 화장실 변기가 막혀서 바닥이 온통 물바다예요."

"물바다라니?"

"찬영이가 라면 남은 것을 변기에 부었다가 막혔어요." 현수가 다급하게 달려와 나에게 말했다.

뒤이어 찬영이가 달려왔다. "선생님 제가 라면 찌꺼기를 변기에 부었는데 물이 내려가지 않는 거예요. 변기 뚫는 걸로 해봤는데 갑자기 변기물이 넘쳤어요."

라면 파티 날이었다. 아이들에게 즐거운 추억을 만들어 주고 싶어 먼저 제안했다. 아이들은 각자 먹고 싶은 컵라면을 준비해왔다. 불닭볶음면, 짜파게티, 쌀국수, 진라면, 열라면, 너구리, 튀김 우동, 육개장, 새우탕 면, 점보 도시락 등 종류가 아주 많았다. 특히 점보 도시락 라면은 초대형 컵라면으로 라면이 여덟 개 들어있는데 구하기도 어렵다고 했다. 학년 연구실과 과학실에서 커피포트 네 개를 가져왔다. 30인분 라면 물에 점보 도시락까지 물 끓이는데도 20분이 넘게 걸렸다. 아이들 모두가 라면을 먹기 시작하자 교실 안에는 매콤하고 자극적인 라면 냄새가 가득 풍겼다. 점보 라면을 먹으려 모여든 아이들은 머리를 맞대고 나무젓가락으로 면발을 들어 올려 후루룩 소리를 내며 먹었다. 그렇게 온갖 종류의 라면을 맛있게 먹고 나니 정리가 문제였다. 먹을 수 있는 크기의 라면을 갖고 오기로 약속했었다. 하지만 많이 먹고 싶어 큰 컵라면을 가지고 온 아이들은 다 먹지 못했다. 남은 라면을 처리하려다 변기가 막힌 것이다.

아이들을 보내고 찬영이와 현수, 서진이와 함께 남자 화장실로 갔다. 화장실 바닥에는 라면 찌꺼기가 떠 있는 물이 흥건했다. 첫 번째 칸의 화장실 문을 열고 변기 뚜껑을 열었다. 물이 넘칠 듯 차 있었다. 아이들을 집으로 돌려보내고 일단 대걸레로 화장실 바닥의 물기를 닦았다. 학교 시설 관리소장님과 행정실 주무관님께 사정을 말씀드렸다. 흔쾌히 함께 화장실로 오셔서 반으로 자른 1.5L 페트병과 뚫어뻥으로 막힌 변기에 넣고 잡아당기기를 반복했다. 죄송했다. 추운 날씨에 난방도 안 되는 화장실에서 한 시간 정도 있으니 몸이 어는 듯했다. 결국 변기 물이 내려갔다. 안되면 변기를 뜯어낼 뻔했다. 천만다행이었다.

교실로 돌아와 지저분해진 교실을 청소했다. 막상 라면파티를 하니 번거로운 일이 너무 많았다. 제멋대로 버려지고 쓰레기통 밖으로 흘러 넘친 컵라면 용기들을 보니 화가 났다. 라면 파티를 괜히 했나 싶었다.

대용량 쓰레기봉투 세 봉지를 묶어 놓고 책상 앞에 돌아와 앉았다. 후루룩거리며 컵라면을 맛있게 먹던 아이들이 떠올랐다. 어쩌면 아이들에게는 두 번 다시없을 즐거운 시간이었을 거라는 생각이 들자 다음 달에 계획한 파자마 파티의 아이디어가 떠오르기 시작했다.

**Memento mori**(메멘토 모리)

로마 시대 어느 장군이 전쟁에서 승리하고 개선식을 열 때 한 노예가 뒤따라가다 외친 말이라고 한다. 권력과 영광은 영원하지 않으며 언젠가는 죽음을 맞이하게 된다는 뜻. 영원할 것 같지만 다시 오지 않을 오늘이다. 아이들과 함께하는 오늘이 내 인생에 얼마나 소중한 날인가.

# 최고보다
# 소중한 것은?

내가 곧 교사는 아니다. 교사는 나의 직업일 뿐이지 내가 아니다. 일은 내 정체성의 일부일 뿐 내 전부가 될 수는 없다. 직업은 여러 개일 수도 있고 꼭 최고가 될 필요도 없다. 현재의 직업이 꼭 인생 목표이거나 삶의 터전이 되지 않아도 좋다.

2023년 2월 스페이스클라우드라는 생활공간 플랫폼에서는 회원 500명을 대상으로 취업과 진로에 대한 설문조사를 했다. 응답자 연령층은 20대(46%), 30대(36.2%), 40대 이상(14.2%), 10대 이하(3.6%)로 구성됐다. 응답 결과를 보면 취업 여부와 관계없이 자신이 가장 추구하는 직업인의 모습으로 전문성 강화를 위한 꾸준한 캐리어 개발(38%)과 조직으로부터 자유로운 프리랜서(18.4%)를 선호했다. 정년 보장되는 안정적인 직장인(12.4%)은 3위를 차지했다. 직업관을 묻는 말에는 응답자 절반이 '일을 통해 꿈과 자아를 실현하고 싶다.'(49.6%)라고 답해 '적당히 일하고 적당히 벌자.'(15.6%) 또는 '워라밸이 최고.'(10.8%)보다 압도적으로 높았다.

일자리 선택 시 가장 중요한 요소는 연봉(55.8%, 복수 응답)이 1순위였다. 직무 적합성(53.6%)과 근무조건(근로 시간·회사 위치·재택 여부 등, 45.6%)이 그 뒤를 이었고, 안정성과 회사의 비전(각 19.4%)은 상대적으로 낮은 표를 받았다. 불과 몇 년 전만 해도 청소년들이 선호하는 직업은 공무원이었다. 정년이 보장된다는 직업 안정성 때문이다. 하지만 조사 결과를 보면 이제는 안전성보다 보상을 더 중요시하는 사람들이 많아졌음을 단편적으로나마 알 수 있다.

내가 지금 교직에 있는 이유는 무엇일까. 어릴 적 꿈이 초등학교 선생님이었다. '꿈=직업'이라는 등식이 자연스러웠던 때였다. 꿈이 곧 직업은 아니라는 사실은 꿈(=교사)을 이루고 난 후에야 생각하게 되었다. 교사가 되고 난 후까지는 떠올리지 못하고 꿈을 향해 달려왔다. 막상 교사가 되고 나니 또 다른 고민이 생겼다. 여러 선배 교사를 만나며 '어떤 교사의 모습으로 살아야 할까, 아이들에게 어떤 교사가 되고 싶은가, 교사를 얼마나 오래 하게 될까?' 등의 물음이 생겼다. 꿈을 이룬 후의 고민은 '정말 내 꿈이 뭐였지?'라는 어린 시절의 물음으로 돌아가게 했다.

직업이 꿈이 아니라면 정말 내 꿈은 뭘까. 아이들을 왜 가르치고 싶지? 아이들을 가르치고 싶은 건 맞나? 교사가 되고 난 후 몇 년간 이런 고민을 했다. 신규교사 발령을 받았을 때는 지금은 상상하기 힘들 정도의 과중한 업무를 맡았다. 처음이라 과중한지도 몰랐다. 지금이라면 갑질이었을 관리자의 폭언과 업무 지시에도 그저 따라야 한다고 여겼다. 기대와는 달랐던 교직 현실에 슬럼프를 겪으며 이직을 생각한 시기도 있었다. 아이들은 생각만큼 내 말을 잘 들어주지 않았고 폭언에 가까운 학부모의 민원도 여러 번 겪었다. 스트레스로 건강까지 나빠져 학교 근무를 하지 못했던 좌절의 시간도 있었다.

하고 싶은 일 한 가지를 하기 위해서는 열 가지의 하기 싫은 일을 해야 한다는 말이 있다. 내가 지금 하고 싶은 일을 하기 위해서는 부수적으로 따라오는 일들을 감당해야 함을 교직 경력을 쌓아오며 알게 되었다. 교사라는 직업은 직업일 뿐 잘못이 없었다. 다만 내가 문제였다. 관점이 바뀌고 내가 아이들 앞에 서고 싶은 이유를 선명하게 그리기 시작했다. 교권의 부재, 과중한 업무, 학부모의 민원, 오르지 않는 월급 등의 교육 현실에도 맞설 수 있는 나만의 메시지가 무엇인가 고민했다. 그 결과 교직은 나보다 한 시대 새로운 사람인 아이들을 만날 수 있는 자리라는 생각이 들었다. 그리고 다행히 지금까지 만나온 아이들이 나를 따르고 좋아해 주는 행운을 누렸다. 나에게는 아이들을 잘 가르치고 싶은 마음과 능력까지 있다. 세상이 준 이 선물을 아이들에게 쓰고 싶다는 나만의 메시지를 가슴에 새기기 시작한 지 오래되지 않았다.

『환상 생각』의 저자 백희성은 건축가, 제품디자이너, 화가, 작가, 문화재 연구가 등 다양한 직업을 가지고 있다. 그는 끊임없이 도전하며 무수한 실패를 경험했다고 한다. 그는 한 강연에서 소수의 승리자와 다수의 패배자가 나올 수밖에 없는 '경쟁'을 해오며 하게 된 생각을 대화문으로 정리하여 말했다.



"왜 달리는 거니?"

"최고가 되기 위해서."

"왜 최고가 되려는 거야?"

"최고가 되면 행복할 테니까."

"달리는 동안은 행복하지 않아?"

"달리는 건 경쟁이야. 고통이지."

"만약 달리다가 최고가 되지 못하면 어떻게 해?"

"낙오자가 될 거야. 상상도 하기 싫어. 그만 방해해. 쓸데없는 생각할 시간에 더 달려야 해."

꿈이 직업이 되는 순간 결승점이 같아진다. 하지만 경쟁이라는 틀에서 벗어나면 다르게 볼 수 있었다고 한다.

"왜 달리는 거니?"

"행복하기 위해서."

"달리면 행복해?"

"달릴 수 있어서 행복해."

"달리다가 힘들 때는 어때? 그때도 행복해?"

"그때는 걷는 거야. 잠시 쉬면서 다시 뛸 힘을 보충하면 돼."

"그 사이 누가 추월하면 어떻게 해?"

"내 결승점과 나를 지나가는 사람의 결승점이 다른데 이게 어떻게 추월이야?"

"그럼, 저기 보이는 결승점은 뭔데?"

"모두에게 그곳이 결승점일지 몰라도 내게는 통과 지점일 뿐이야."

직업을 결승점이란 명사가 아닌 동사화하면 다른 삶이 된다. 그의 대화문을 조금 바꾸어보았다.

"왜 가르치는 거니?"

"가르치는 게 좋아서."

"가르칠 때 행복해?"

"가르칠 수 있어서 행복해."

"가르치다가 힘들 때는 어때? 그때도 행복해?"

"그때는 쉬는 거야. 잠시 쉬면서 다시 힘을 보충하면 돼."

"그러다가 도태되면? 다른 사람 보다 뒤지면 어떻게 해?"

"내 목표와 다른 사람의 목표가 다른데 어떻게 비교가 돼?"

"그럼, 저기 보이는 목표 지점은 뭔데?"

"모두에게 그곳이 목표 지점일지 몰라도 내게는 통과 지점일 뿐이야."

교사라는 직업의 꿈을 이룬 것은 결승점이 아니라 통과 지점일 뿐이었다. 통과 지점을 지나면 또다시 달리는 과정이 기다리고 있었다. 한

해로 끝나는 교직이 아닌 길고 긴 여정이 눈앞에 놓여 있었다. 그 지난한 과정을 거치면서 좌절의 시간도 있었다. 하지만 그것보다 더 큰 것은 아이들의 가능성이었다. 미래에 무엇이든 할 수 있다는 무한한 가능성을 지닌 아이들을 만난다는 것은 교사의 특권이다. 교직에 있으며 내가 아이들에게 크나큰 영향력을 끼칠 수 있는 위치에 있다는 사실을 깨달았다. 그러면서 아이들에게 성장과 발전의 씨앗을 심어주고 싶다는 꿈이 생겼다. 그리고 나만의 좋은 메시지로 세상을 이롭게 하고 싶다는 새로운 꿈도 꾸게 되었다.

스승의 날이나 연말에 아이들에게 받은 편지와 카드에 '지금까지 만났던 선생님 중에, 선생님이 최고예요!'라는 문장을 발견하면 왠지 뿌듯하고 어깨가 으쓱해진다. 하지만 나는 최고의 교사가 되고 싶지 않다. 내가 원하는 진짜 교사의 모습으로 살고 싶다. 나의 꿈에 맞는 새로운 직업에 대해서도 열려 있다. 어쩌면 지금도 새로운 꿈을 꾸고 있는지도 모른다.

인생은 도전의 연속이다. 도전했기에 실패했고 또다시 도전할 수 있다고 믿는다. 목표 지점에 도달했다고 여기면 성장도 멈추는 것 같았다. 오아시스에 만족하고 주저앉아 있으면 사막을 횡단할 수 없음을 많은 여행을 통해 알게 되었다. 시원하고 달콤한 물을 마신 후 다시 별을 찾아 떠날 것이다. 푸른 야자수를 지나고 불타는 노을을 보며 사막을 가로지르는 동안 전과는 다른 내가 되어 있으리라는 믿음으로.

# 서로가 서로의 한 페이지가 되어

점심시간 급식실에서 식사를 마치고 교실로 가는 복도에서였다. 뒤쪽에서 인기척이 느껴져서 뒤를 돌아보았다. 다원이, 지나, 선희, 예원이가 내 뒤를 한 줄로 졸졸 따라오고 있었다. 내가 돌아보자 아이들이 얼른 고개를 돌려 숨었다. 아이들과 동시에 웃음이 터졌다. 다시 앞을 향해 걸어가다 이번에는 반대쪽으로 재빠르게 고개를 돌렸다. 그러자 아이들이 놀라며 급하게 또 숨었다. 교실에 들어갈 때까지 아이들과의 장난은 계속됐다. 교실에 들어가서는 언제 그랬냐는 듯 자연스럽게 아이들은 아이들끼리 놀았고 나는 내 자리로 와서 그런 아이들을 웃으며 바라보았다.

세상에서 어려운 일 중의 하나가 사람의 마음을 얻는 일이다. 저마다의 얼굴만큼이나 각양각색인 마음, 그 바람 같은 마음을 머물게 한다는 건 정말 어려운 일이다. 한 사람의 마음을 얻고 머물게 하려면 끊임없는 노력이 있어야만 가능하다. 나에게 열렸던 마음도 돌봐주지 않으면 금방 돌아설 수 있는 게 사람 마음이다. 감사하게도 지금까지 만난 아이들 대부분이 마음을 활짝 열어 주었다. 내가 선생님이라는 이유만으로 문을 열고 나를 마음으로 맞아주었다.

교실 안에서 다양한 아이들과 내가 뿜어내는 마음의 에너지가 어우러지면 우리 반만의 고유한 에너지가 만들어진다. 바로 우리 반만의 분위기이다. 교실 문을 열고 들어가면 느껴지는 그 반만의 공기다. 이 공기는 하루 사이에 형성되지 않는다. 3월의 첫날 시업식 순간부터가 시작이다.

"오늘 새로운 교실에서 우리는 새롭게 만났습니다. 우리는 모두 저마다 다른 마음을 가지고 여기에 모였어요. 불안함, 행복함, 기대감, 걱정, 설렘, 행복, 기쁨, 두려움, 열정 등 다양한 마음들이 모였지요. 이런 마음들은 각각 고유한 에너지를 갖고 있다고 해요. 행복한 마음에서는 행복한 에너지가 불안한 마음에서는 불안한 에너지가 뿜어져 나오게 되지요. 이렇게 다양한 마음들이 모이면 마음의 에너지가 어우러져 새로운 에너지를 만들어낸다고 해요. 각자의 행복 에너지, 불안 에너지, 기대 에너지, 열정 에너지 등이 모여서 우리 반만의 고유한 에너지를 만드는 것이지요. 바로 지금부터 우리는 우리만의 에너지를 만들기 시작할 거예요. 여러분들은 우리 반이 어떤 에너지를 가진 반이 되었으면 좋겠나요? 새롭게 만난 친구들에게 나는 어떤 마음 에너지를 전해주고 싶나요?"

인디 스쿨에서 발견한 영상을 보고 정리한 내용이다. 내 마음과 꼭 맞는 발문이라 아이들과의 첫 만남에서 활용하고 있다. 아이들과의 일상이 쌓이면서 나와 아이들이 주고받는 말과 에너지는 서로에게 스며들고 어우러진다. 서로의 모난 부분은 부딪히며 깎여 간다. 각자의 모서리가 둥글게 될 때쯤이면 헤어질 시간이 다가온다.

또 다원과 예원이의 다툼이 시작되었다. 사회 시간 때 분명 옆 모둠에서 각자 발표 수업을 준비했는데 뭐가 문제였을까. 점심시간에 여학생 네 명이 상담을 위해 모였다.

"제가 모둠에서 사회 발표 자료를 만들고 있는데 예원이가 우리 모둠으로 오더니 아이디어를 듣고 가서 따라 했어요." 떠올려보니 사회 발표 때 두 모둠의 발표 형식이 비슷했다. 두 모둠 모두 방송국 뉴스처럼 아나운서가 등장해 인터뷰하는 내용이었다.

"아니에요. 전 다원이 모둠에 간 적이 없어요."

"내가 갔다는 증거 있어?" 옆에 있던 지나가 말했다.

"저도 예원이가 다원이네 모둠에 간 거 봤어요." 하지만 예원이는 고집을 부렸다.

자기 말이 맞다 우기는 대화가 계속되었다. 결국 상담하다가 내가 지쳤다. 끝나지 않을 것 같았다. 다원이와 예원이의 다툼이 시작된 건 4월부터였다. 풀리지 않는 감정 다툼이 반복됐다.

2학기 초반까지도 다투던 두 아이가 달라진 모습을 본 건 전교 어린이회 임원 선거기간부터다. 후보로 출마한 예원이의 선거 준비를 다원이가 도와주었다. 그렇게 서로를 반목하던 아이들이 갑자기 친해진 모습을 보였다. 서로 도와 선거 준비와 선거 운동하는 모습이 낯설기도 하고 자연스럽기도 했다. 그전에 둘 사이에 어떤 일이 있었는지는 모른다. 다만 선거 준비 기간에 잠시 의견 충돌하는 모습을 보고 짧게 이야기해 준 적은 있었다.

"너희들이 함께할 수 있는 시간이 얼마 남지 않았어. 우리는 한 달도 안 되어서 모두 헤어질 거야."

내 말을 들은 아이들 얼굴이 심각해졌다. 그리고 얼마 후 아이들의 행동이 다르게 보였다.

크리스마스 파자마 파티 때는 다원이, 지나, 선희, 예원이가 〈사라진 크리스마스〉라는 연극 공연을 했다. 내가 시킨 것도 아닌데 대본부터 연습과 음악 등 모두 아이들끼리 준비하고 연습했다. 다원이와 예원이가 서로 사이좋게 대사와 동작하는 모습이 보기 좋았다. 다원이는 발레리나를 예원이는 미국에서 전학을 온 친구 역할을 코믹한 장면으로 연출했다. 아이들이 즐거워하니 나도 흐뭇했다.

유난히 목소리가 큰 민수는 3월부터 수업과 관련 없는 말을 많이 했다. 수업의 흐름은 끊기고 순식간에 교실은 어수선해지기 일쑤였다. 수업 분위기를 흐트러뜨리고는 "애들아, 선생님의 분노 게이지가 올라가고 있어."라는 말로 나를 정말 기분 나쁘게 만들었다. 축구공을 가지고 교실 안을 휘젓고 다니며 드러눕기도 했다. 약간의 반항기까지 보이는 민수와 잘 지낼 수 있을지 주말에도 고민했다. 고민 끝에 수업 중에 비슷한 행동 패턴을 보일 때 차분한 목소리로 말했다.

"선생님은 민수의 행동을 보고 화가 나지 않아." 그리고 정말로 그 말 이후로 화난 모습을 보이지 않았다. 화가 안 난다 생각하니 실제로 화가 나지도 않았다. 예상과 다른 나의 모습에 민수는 당황한 듯했지만 곧 적응했다. 그리고 더 이상 분노 게이지란 말을 하지 않았다. 민수를 보면 웃어 주었고 잘못한 일이 있으면 단호하게 규칙만 적용했다. 화낼 필요가 없었다. 언제부턴가 민수는 쉬는 시간과 점심시간에 나에게 다가와 살가운 행동을 했다. 내가 놀리는 말로 "선생님이 그렇게 좋아?"라고 물으면 "네, 좋아요."라고 대답한다. 이제는 귀여운 애교쟁이가 된 민수의 학기 초 모습이 잘 기억나지 않는다.

1년 동안 나와 아이들은 함께 우리 반만의 에너지를 만든다. 그 에너지가 밝고 긍정적이라는 느낌이 들 때면 더없이 행복하다. 소외되는 아이 없이 서로 챙겨주고 배려해 주는 모습을 보면 가슴이 뭉클해진다. 그리고 아이들과 생동하는 에너지는 1년살이를 꾸려나가는 큰 힘이 된다. 함께하는 동안 우리는 자기만의 한 페이지를 쓰고 서로 읽어주며 한 편의 이야기를 완성해간다. 그렇게 탄생한 우리만의 이야기는 하나뿐인 추억이 되고 아이들 인생에 또 다른 디딤돌이 되어줄 거라고 기대해 본다.

# 움트는 말의 씨앗 발견하기

66. 너는 태어났어. 그 힘든 고통을 이겨내고 엄마 뱃속에서 나왔잖아.

75. 너는 좌절하지 않아. 부회장 선거에서 떨어져도 마틸다 오디션 탈락, 코로나로 공연 참여 불가, 감기에 걸려서 파티에 참여하지 못해도 포기하지 않고 계속 도전해.

76. 너는 다른 사람과 다른 걸 신경 쓰지 않아. 다른 사람보다 얼굴이 작든, 얼굴이 크든, 키가 작든 너는 신경 쓰지 않아.

77. 너는 너를 부끄러워하지 않아. 사람들이 너를 뭐라고 생각하든 너는 너야.

78. 네가 무슨 행동을 하든 너는 소중해. 네가 사람들 앞에서 웃긴 춤을 춰도 말을 이상하게 해도 네가 제일 빛나.

우리 반 서진이의 장점 공책 중 일부 내용이다.

2학기 프로젝트로 장점 찾기 활동을 하는 중이다. 이 활동은 세 가지로 구성된다. 첫 번째로는 하루에 한 명을 정하고 그 아이의 장점에 대해서 자세하게 이야기해 준다. 구체적인 사례를 들어가며 그 아이의 장점에 대해 찬사에 가까울 정도로 말해준다. 아이와 눈을 맞추며 진심 어린 마음을 내어 좋은 이야기를 들려준다. 교실 안에 오직 나와 그 아이만 있는 듯한 착각이 들 정도로 장점으로 비를 내려준다. 아이의 마음에 그 어떤 칭찬보다 더 각인될 수 있도록 최선을 다해 이야기해 준다.

두 번째는 나에게 찬사를 받은 그 아이에게 다른 친구들이 평소에 발견했던 장점들을 들려준다. 이때도 반드시 친구와 있었던 일화를 소개하며 느꼈던 고마움이나 칭찬, 장점 등을 말해주어야 한다. 그러면 나도 몰랐던 그동안의 미담들이 쏟아진다. 처음에 짧은 문장으로 시작한 아이들의 칭찬은 시간이 흐를수록 자세해지고 풍부한 이야기가 된다.

마지막으로 자신의 장점 100가지를 찾아본다. 공책에 1번부터 번호를 매기며 선생님과 친구가 들려주었던 것처럼 나를 이인칭으로 부르며 장점을 적어 본다. 척척 적는 아이들도 있지만 쓰기 어려워하는 아이들도 있다. 그럴 때는 익명으로 친구들이 쓴 장점들 들려준다. 아이들은 '아, 저런 내용도 장점이 될 수 있구나.'하는 표정으로 듣고는 다시 또 재미있게 써나간다. 아이들이 쓴 내용을 읽어보면 감탄이 저절로 나오는 내용이 많다. 나조차도 배우고 싶은 자존감이라고 느껴질 정도이다.

서진이가 쓴 장점처럼 이 세상에 태어난 것만으로도 자랑스럽고 내가 하는 어떤 행동도 소중하다고 느끼며 산다면 얼마나 행복할까. 아이들이 쓴 장점을 보며 그 마음을 나도 따라간다. 마치 나와 아이들의 마음이 서로 원이 되어 순환하는 듯하다. 좋은 마음이 순환하는 느낌을 사랑 에너지 순환 시스템으로 설명한 책을 발견했다. 내 마음을 읽은 듯한 이 책을 발견하고는 유레카를 외치고 싶었다.

권영애 선생님이 쓴『버츄 프로젝트 수업』에서는 사랑 에너지 순환 시스템을 이렇게 설명하고 있었다. '우리는 상처와 실패 속에서도 사랑 에너지를 선택할 수 있다. 어제까지 상처와 실패를 경험한 교사가 오늘 용기를 내서 사랑 에너지를 불러들였을 때, 가장 먼저 변화하는 것은 교사의 언어다. 말은 인간의 사고와 감정에 막강한 영향력을 가진다. 어떤 색의 말을 아이들에게 지속해서 하느냐에 따라 아이들의 뇌 파장이 달라진다. 사랑의 말은 아이들을 생각하게 하고 용기를 주고 회복하게 만들며 삶의 에너지를 일으킨다. 한 아이가 교사에게 사랑의 마음 에너지를 받으면 공명하여 그 아이의 언어는 밝고 따뜻해진다. 뇌의 파장은 안정되며 세로토닌, 엔도르핀 등의 호르몬이 나와 마음이 안정되며 행복해진다. 감정조절과 뇌 활동이 활발해져 능력 또한 잘 발휘할 수 있다. 이 모든 것의 출발은 사랑 에너지를 주겠다는 교사의 선택이다.'

장점 찾기 활동은 그동안 칭찬 릴레이, 칭찬 샤워 등의 다양한 칭찬 활동을 해오며 다듬어온 프로젝트이다. 선생님과 친구들에게 들은 사랑의 말이 공명하여 아이들 자신은 물론 반 전체에도 긍정적인 순환 효과를 가져오게 된다고 믿는 활동이다. 사랑 에너지를 주겠다는 나의 선택이다.



이 활동을 시작할 때 연수가 물었다.

"선생님도 장점 찾기 하실 거예요?"

"선생님도 시간 되면 같이 해볼게."라고 말은 했지만 서른 명의 공책 검사를 해주다 시간이 없다는 핑계로 하지 못했다. 물론 교사도 자신에게 장점, 긍정적인 말 등의 좋은 말을 많이 들려주어야 한다. 사랑의 에너지를 만들기 위해서라도 스스로 자존감이 넘치는 사람이 되어야 한다. 힘이 되는 긍정의 말들을 나에게 많이 해주어야 한다. 아이들과 함께하지 못한 장점 찾기를 몇 가지 적어 본다.

· 너는 대단한 사람이야. 뭐든지 마음만 먹으면 할 수 있지.
· 너로 인해 아이들의 인생이 환하게 빛날 거야.
· 너의 말 한마디는 아이들을 살리는 힘이 있어.
· 너는 세상에 존재하는 것만으로도 가치 있는 사람이야.
· 세상에 태어난 행운을 마음껏 누려도 괜찮아.
· 교실에 있을 때 너의 모습은 참으로 멋지고 아름다워.
· 너에겐 아이들의 마음을 사로잡고 변화시키는 힘이 있어.
· 지금까지 만났던 아이들이 너를 잘 따랐던 것만 봐도 네가 잘 해왔다는 걸 알 수 있지.

· 너는 앞으로 만날 어떤 상황도 모두 기회로 만들어갈 거야.

이런 말들은 우리 무의식에 차곡차곡 저장된다고 한다. 의식이 우리 삶에 미치는 영향이 1%라면 28만 배의 데이터가 저장된 무의식은 99%의 영향을 미친다고 한다. 나를 진짜 움직이는 이유인 잠재의식 속에 내가 원하는 생각과 말을 의식적으로 지속해서 저장해야만 한다. 다른 사람과 나에게 하는 말이 밝고 긍정적이고 따뜻해야만 하는 이유가 여기에 있다.

1년이라는 시간은 변화를 만들기에 충분한 시간이다. 아이들의 무의식 속에 의도적으로 행복한 경험, 즐거운 기억, 칭찬, 사랑의 언어를 저장한다면 나와 아이의 삶은 달라질 수 있다고 믿는다. 그 출발점이 따스한 마음에서 나오는 나의 말이라고 생각하면 마음이 설레기도 하고 무겁기도 하다. 변화와 기적의 작은 씨앗이 되는 사랑의 말을 선택하겠다고 마음을 다져본다. 사랑 에너지를 담은 말의 씨앗이 자라면 영원까지도 영향을 미칠 수 있다는 조심스럽고도 원대한 희망을 가슴에 품어보며.

마지막으로 우리는 보석 같다. 우리는 돈을 받고 살 수도 없는 귀하디귀한 존재들이다.

_은수가 쓴 '우리 반 장점 10가지' 중에서

# 기대가 현실이 되는 순간

말속에는 생명이 있다. 피그말리온이 사랑한 조각상을 사람으로 탄생시킨 신화는 생명이 깃든 말의 신화로 앞으로도 영원히 우리와 함께할 것이다. 피그말리온의 신화는 자기충족적 예언이 가진 가능성을 극대화해서 보여주었다. 자기충족적 예언이란 어떤 예언이 있다는 사실만으로 그 내용이 현실로 나타난다는 것을 뜻한다. 예언이 원인으로 작용해 실제 결과를 끌어내는 셈이다.

1964년 봄, 샌프란시스코의 초등학교에서 하버드식 돌발성 학습 능력 예측 테스트라는 보통의 지능 테스트를 했다. 테스트 결과와 관계없이 무작위로 뽑은 아동 명부를 교사에게 보여주고 앞으로 수 개월간 성적이 향상될 학생이라고 알려주었다. 그 후 교사는 아이들의 성적이 향상될 것이라는 기대를 품었고 확실히 그 아이들의 성적은 향상되었다. 이 실험의 결과로 교사의 기대가 성적 향상의 원인이 되었고 아이들도 기대를 의식하였기 때문에 성적이 향상되었다고 생각할 수 있다. 피그말리온 효과의 또 다른 이름 로젠탈 효과이다.

교사의 기대를 받은 아이들은 기대에 어긋나지 않도록 노력하게 되는데 이는 인지부조화 이론으로 설명할 수 있다. 사람은 자신의 태도와 행동 사이에 모순이 존재할 때 나타나는 비일관성을 불쾌하게 여겨 모순을 감소시키려 한다. 칭찬과 격려를 받은 학생들은 그렇지 않은 학생들에 비해 훨씬 더 부지런하고 높은 집중력을 보이는데 이는 기대에 어긋나지 않으려고 노력하기 때문이라고 한다.

사람은 변하지 않는다고 생각했었다. 아이들에 대한 기대가 왜 중요한지 몰랐다. 수업 중 집중하지 못하고 딴짓하는 아이들과 문제 행동을 반복하는 아이들에게는 지적과 훈계만이 방법이라고 생각했다. 하지만 아이들은 지적받은 그때만 일시적으로 좋아질 뿐 결국은 달라지지 않았다. 문제의 근원이 뭘까 고민했다. 고민한 결과 변화의 실마리는 내 말의 초점에 있었다.

수학 시간, 오늘도 준희는 필통에서 여러 가지 학용품들을 꺼내서 책상 위에 늘어놓고는 만지작거렸다. 그리고 짝을 툭툭 건드리며 장난을 쳤다. 이때 준희에게 다가가

"준희야, 장난 좀 그만해라. 또 장난치면 벌칙이 있어."라는 말을 했다고 하자. 그러면 준희는 맞는 말이지만 왠지 억압당하는 느낌과 함께 반

항심을 느낄 것이다. 어쩌면 핑계를 댈지도 모른다. 준희의 태도에 선생님은 더욱 화가 나게 되고 둘 사이의 감정은 나빠진다. 이때 교사 말의 초점은 준희의 장난이다. 장난이라고 말하는 것은 장난하는 아이의 초점을 한 번 더 강화하는 것과 다름없다.

이제는 이렇게 바꿔 말하려고 노력한다.

"준희야, 지금 수학 문제 풀고 있어. 수학책 연습 문제와 수학 익힘책 문제 풀어야 하는데 뭐부터 풀어볼까?" 조금 더 온화하게 말하고 질문 속 두 가지의 틀 중 선택하게 한다. 선택하지 않은 일을 할 때 어쩔 수 없이 한다는 느낌을 받으면 반항하는 마음이 올라온다. 하지만 선택의 기회가 있으면 선택한 일에 책임감을 느낀다. 명령형보다는 선택형 질문이 아이들에게 존중받는 느낌을 줄 수 있다.

아이들과 상담할 때도 비슷했다. 아이의 고민, 문제, 잘못된 행동에만 초점을 두었다.

"요즘 무슨 고민이 있지?"

"너의 문제점이 뭐라고 생각해?"

"너의 행동이 잘못됐다는 거는 알고 있지?"

나의 이런 질문이 아이에게 부정적인 틀을 씌우고 그 속에서 빠져나오지 못하게 만들었다. 이제는 틀을 바꾸어서 이렇게 질문하려고 노력한다.

“요즘 제일 즐거운 일은 뭐니?”

“네가 장점 공책에 쓴 장점 중에 제일 맘에 드는 내용은 뭐니?”

“너에겐 엄청난 가능성이 있다는 점 알고 있지?

이런 질문은 온전히 아이의 자신에게 초점을 맞추게 되고 아이가 노력하도록 이끌어준다. 가장 좋은 설득의 방법은 상대방이 스스로를 설득하게 만드는 것이라 했다. 아이들의 사고 범위는 제한해 주면서 스스로 선택할 수 있게 해주면 아이들은 내가 원하는 방향으로 행동한다.

마찬가지로 나에 대해서도 습관처럼 부정적인 생각에 초점을 두는 일이 많았다.

‘이런 일이 왜 하필 나한테 일어났지?’

‘또 실수했네. 난 왜 계속 실수만 하지?’

하지만 그런다고 문제가 해결되거나 상황이 좋아지지 않았다. 이제는 의식적으로 질문을 다르게 해보려고 한다.

‘이번 일에서 내가 배울 점은 뭘까?’

‘실수했네. 시행착오를 통해서 앞으로 잘하면 되지.’

‘어떻게 하면 더 잘할 수 있을까?’

이런 질문들은 나에 대해서도 긍정적인 변화를 불러왔다. 아이들에 대해 기대하듯 나에 대해 긍정적으로 생각하고 미래지향적인 질문을 만들어 보려고 한다. 기대와 질문만큼 긍정적으로 바라보고 무엇이든지 적극적으로 하려고 한다.

3월 첫 만남부터 아이들에게 의도적으로 자기충족적 예언을 시작한다. 내가 바라는 모습을 아이들이 현재 그렇다고 믿게 한다. 내가 기대하는 우리 반 아이들의 모습은 서로 배려하고 존중해주며 밝고 긍정적으로 최선을 다하는 아이들이다. 조각가가 되어 1년 동안 끊임없이 돌을 쪼는 작업을 하며 아이들을 아름다운 여인 갈라테이아로 탄생시키려 노력한다. 나의 기대만큼 도달하지 못하더라도 바라는 모습을 원래 그런 것처럼 말하는 것만으로도 나와 아이들은 이미 행복한 시간을 보낸다. 신기하게도 연말이 다가올 즈음이면 아이들은 원래 그랬다는 듯이 내가 원하는 모습이 되어 있었다.

내가 아이들에게 피그말리온이 되어 간절한 마음으로 노력하는 것이 있다. 바로 긍정 피드백의 습관화이다. 담임을 맡은 해에는 1년살이를 기록하는 학급일지를 쓴다. 하루에 한쪽씩 그날 아이들과의 일상을 적어 둔다. 수업 아이디어와 흐름, 활용할 자료, 중점 발문 내용, 알림장에 적어줄 내용, 아이들과 상담한 내용, 해야 할 업무 등 학교에서 보내는 하루를 나만의 방식으로 써둔다. 때로는 기억보다 기록이 중요하다는 마음으로 일지를 쓴다. 이때 일지에서 빼놓지 않으려는 부분이 아이들에게 들려줄 긍정의 피드백이다. 그렇다고 거창하거나 어려운 게 아니라 수업 활동에서 잘한 점, 감동한 점, 놀란 점, 훌륭하다고 생각한 점,

앞으로의 기대 등 짚어주고 싶은 내용들을 기록하고 들려주는 것이다. 내가 기대하고 있던 부분을 발견했을 때는 더 크게 강조해서 말해준다. 모든 수업 활동을 마무리할 때 신경 쓰는 부분이다. 또 내가 아이들에게 칭찬을 많이 못 해주고 있다는 생각이 들 때면 잊지 않도록 일지에 적어 둔다. 그러면 아침에 아이들과 인사할 때 해주고 싶던 칭찬을 빠뜨리지 않고 할 수 있다.

신기하게도 아이들은 내가 해준 긍정적인 자아 이미지를 받아들이고 키워 간다. 그 사실을 눈으로 확인하는 때가 바로 자신에 대한 글을 쓸 때다. 아침 활동으로 하는 세 줄 쓰기 활동에서 여러 가지 주제에 맞게 짧은 글을 쓰고 발표한다. 그날의 감정부터 하루의 목표, 나의 성격과 취미, 좋아하는 것과 싫어하는 것, 친구, 행복, 꿈 등 자유롭게 생각하고 적고 이야기 나눈다. 이때 아이들의 자아상과 생각의 방향이 점점 더 긍정적이고 발전적으로 흘러가는 것을 느낄 수 있다. 시간이 흐르면서 그 양상은 더욱 뚜렷하게 보인다. 자신의 장점에 관한 글을 쓸 때면 긍정적인 자아상은 하늘 끝까지 올라가 태양처럼 반짝인다. 반 아이들의 유행어가 "선생님, 잘했죠? 기깔나죠? 역시 나야."가 될 정도로 자신감과 자존감이 충만하던 아이들이 떠오른다. 인지부조화의 작용으로 자신에 대한 기대치에 맞는 모습이 되어가는 아이들은 너와 내가 모두 소중함을 알게 된다. 그리고 아이들 사이에 갈등이 적어지고 문제가 생기더라도 전보다 성숙한 방법으로 해결하려고 한다. 기대보다 한 뼘 더 성장하는 아이들을 보면 피그말리온이 느꼈을 희열감을 떠올릴 수 있었다.

작은 믿음이 커다란 기적을 낳을 수 있다. 믿음이라는 마음의 연금술사는 신념을 현실로 바꾸어 준다. 스스로 한계라 규정짓지 않는다면 우리에게 한계는 없다. 나와 아이들에게 기대와 확신을 반복하여 심어준다면 잠재력을 끌어내어 원하는 모습으로 탈바꿈시킬 수 있다고 믿는다. 믿음은 의지를 낳고 목표와 실행을 하도록 하여 마침내 현실이 되게 할 수 있다.

## 너는 나를,
## 나는 너를 키우지!

냉소(冷笑)

연구실에 둘러앉은 사람들 얼굴에 흐르는 상처의 흔적들

불신(不信)

관리자, 학부모, 학생 아무도 믿지 못하고 닫혀가는 마음

교실에서 훈육하다 아동학대로 신고당한 이야기, 끝나지 않는 학부모 민원 메시지 폭탄 이야기, 금쪽이에게 시달리다 결국 병가에 휴직까지 들어간 이야기. 아프고 힘든 이야기는 언제부턴가 우리 교사들 대화에 일상적인 주제가 되어버렸다. 쉽게 아물지 않은 상처는 슬픈 냉소가 되어 비치고 다친 닫힌 마음은 언제 열릴지 모른다. 하지만 우리는 아직 아이들 앞에 서고 있다. 무엇이 우리를 아이들 앞에 서게 하고 있을까.

어쩌면 우리는 많은 것에 절망하면서도 작은 것에서 희망을 찾고 싶어

하는지도 모른다. 견디기 힘든 상황에서도 아이들의 손 편지 한 장에 해맑은 웃음 하나에 힘을 얻고 있는 것을 보면 희망은 밝은 곳이 아닌 가장 깊고 어두운 곳에서 생겨나는 것이 아닌가 한다. 어둠 속에서 빛을 찾아가는 길이야말로 강한 의지와 희망이 필요한 과정이 될 테니 말이다.

우리 시대를 못 믿게 될수록 인간이 일그러지고 메말랐다는 생각이 들수록 그러한 비극을 극복하는 데 그만큼 더 사랑의 마력을 믿는다고 했던 헤르만 헤세의 말을 새겨본다. 오늘 하루도 힘을 내서 아이들을 만나고 있는 나를 응원하는 마음, 힘든 시대를 살아가는 사람들과 그 자녀들을 따뜻한 시선으로 바라보겠다는 마음, 동시대를 함께 겪어내고 있는 우리 모두에 대한 애틋한 마음을 내어 본다.

그리고 내가 먼저 행복한 사람이 되겠다고 나에게 약속해본다. 행복해지기 위해서는 행복한 사람 곁에 머물러야 한다는 말이 가진 설득력 때문이다. 내가 행복하면 다른 사람에게 15%의 행복을 전염시키고 그 사람이 행복하면 나에게 또 10%의 행복을 전해준다고 한다. 그래서 행복한 사람은 행복한 사람끼리, 불행한 사람은 불행한 사람끼리 모이게 된다. 어떤 여건에서도 사랑의 마력을 믿는 마음으로 우리가 함께하는 행복을 만들어가고 싶다. 내가 행복을 추구하는 만큼 행복해지고 함께하는 아이들도 행복해질 수 있다는 믿음과 희망으로 아이들 앞에 서려고 한다.

실패하고 흔들렸더라도 다시 일어나는 힘은 자신의 가치에 대한 확신에서 나온다고 한다. 나에 대한 믿음이 있을 때 타인의 평가에 연연하지 않고 내 인생의 주도권을 쥐고 나아갈 수 있다. 이는 삶의 질곡을 겪어내며 정체성을 다시금 세웠을 때만이 가능한 일일 것이다. 즉, 나와 아이들에게 자신의 소중함과 가치에 대한 확신을 심어주어야 할 이유이다. 나와 아이들 존재의 소중함을 느끼고 함께 키워 갈 때 회복 탄력성도 커질 수 있다고 믿는다.

그렇다면 아이들의 자기 가치를 높여줄 수 있는 말은 어떤 말이 있을까. 『인생의 변화는 말투에서 시작된다』라는 책에서는 다음과 같은 말들을 소개하고 있다.

**1. 관심을 표현하는 말**

"머리 스타일이 바뀌었구나. 너무 예쁜데?", "요즘 기분 좋은 일 있는 것 같은데 무슨 일 있니?" 등 아이들은 주목받는 순간 자신의 존재가치를 느낀다.

**2. 존재가치를 인정해 주는 말**

"너는 가치 있는 사람이야."라는 의미가 담긴 말이다. 아이들은 좋은 행동을 했을 때 긍정적인 반응이 돌아온다면 자신을 가치 있는 존재로 생각하게 되고 살아있음에 기쁨을 느낀다.

### 3. "너는 유일무이한 존재야."라는 말

지구상의 70억 인구 중 유일무이하고 고유한 장점과 개성이 있다는 것을 깨우쳐주어야 한다. 뛰어난 두뇌와 빼어난 외모가 아니더라도 여전히 소중한 존재라는 점을 알려줘야 한다.

### 4. "너는 도움이 되는 존재야."라는 말

아이가 직접 할 수 있는 일이 있고 쓸모 있는 존재라는 사실을 알려줄 때 자기 가치를 높게 여기게 된다고 한다. 아이들이 맡아서 할 수 있는 역할을 주는 것이 자기 가치를 확인하는 데 도움이 될 수 있겠다.

### 5. "우리는 네가 필요해."라는 말

아이가 구성원으로서 소속감을 느끼고 필요한 사람임을 느낄 때 존재 이유를 확인받는다. 성장 과정에 있는 아이들에게는 선생님의 인정, 칭찬, 격려, 사랑이 심리적 영양분이 된다. 아이들은 충분한 영양분을 섭취했을 때 높은 자기 가치를 느끼는 사람으로 성장할 수 있다.

달걀은 밖에서부터 깨어지면 음식이고 안에서부터 깨지면 생명으로 태어난다. 한 세계를 깨뜨려야만 새롭게 태어날 수 있는 뜻이다. 이 문장은 기존의 프레임을 깨뜨려야 새로운 시각으로 현재를 바라볼 수 있다는 생각으로도 이어진다. 그렇다면 어두운 교육 현실을 다르게 바라보고 해석하는 새로운 관점을 가진다면 어떨까. 행복의 지혜를 얻을 수 있지 않을까. 또한 주변 상황에 휘둘리지 않는 내가 될 수 있진 않을까.

현상을 해석하는 새로운 관점과 한 세계를 깨뜨리는 힘은 어디에서 시작될까? 그 힘은 바로 나에게 던지는 작은 물음에서부터 시작된다고 믿는다.

· 지금 나는 온전한 나로서 살고 있나?

· 지금의 삶은 내가 원하는 삶인가?

· 어제보다 나은 삶을 살려면 오늘 무엇을 어떻게 해야 하나?

· 나는 아이들 마음에 무엇을 비추어 주는 교사인가?

· 지금 상황에서 진짜 중요한 것은 무엇일까?

· 나는 지금 어디로 가고 싶은가?

· 내가 원하는 길을 가려면 어떻게 해야 하는가?

질문의 내용은 무궁무진하다. 가끔 멈추어 내가 원하는 방향으로 가고 있는지 확인하고 싶을 때 이런 질문을 던져보곤 한다. 명확한 답을 할 수 있다면 좋겠지만 그렇지 않더라도 질문하고 답을 찾아보는 과정에서 새롭게 생각하고 다시 시작하는 힘을 얻곤 했다.

배운 연후에야 부족함을 알고, 가르친 연후에야 비로소 막힘을 알게 된다는 교학상장(教學相長)의 의미를 떠올려본다. 부족해야 자신을 돌아보고 막힌 부분을 알아야 자신을 보강할 수 있다. 지금까지 아이들과 함께한 시간 동안 많은 시행착오가 있었다. 의욕만 앞서고 서툴러 좌충우돌했던 지난 시간이 나의 어딘가에 차곡차곡 쌓여 있다. 그 시간 동안 함께 했던 아이들이 지금의 나로 성장하게 해주었다.

오늘의 나도 진행형일 뿐 완성된 모습은 아니다. 다만 가르친 후에 막힌 부분을 보강할 기회가 아직 있다는 사실이 참으로 감사하다. 시행착오와 거듭된 환류 속에 함께 있었던 아이들에게 미안하고 고맙다. 교직에 있는 동안 가르치고 배우는 일에 대한 고민과 반성은 계속될 것이다. 한 가지 확실한 믿음은 마음속에 아이들을 많이 채울수록 내 마음 그릇이 커진다는 점이다. 나아가 내 인생도 넓어지고 아이들을 품을 수 있는 에너지 또한 커질 것이라고 믿는다.

마치는 글

# 말의 신비

"선생님, 4일간 물 안 줘도 시들진 않겠죠?"

유성이가 연휴 기간 학교에 못 나올 것을 걱정하며 물었습니다. 실과 시간에 친환경 농업에 대해 배우고 수세미 모종 두 개를 심었지요. 그리고 교실에서 햇볕이 가장 잘 드는 창 아래에 화분을 두었습니다. 마침 화분과 가까운 자리에 앉은 유성이가 수세미 물 당번을 자처했고 점심시간이면 물도 주고 옆에 앉아 자라나는 수세미를 흐뭇하게 지켜봐 주었습니다.

"얘 보면 왜 이렇게 기분이 좋죠?" 유성이는 수세미를 보면서 자주 이렇게 말하며 애지중지했지요. 그런 마음을 아는 듯 수세미는 하루가 다르게 쑥쑥 자랐습니다. 어느새 아기 잎사귀와 줄기는 지지대를 감고 올라가 덩굴 식물의 모양새를 갖추게 되었고요. 유난히 초록이 짙게 잘 자라는 수세미를 보면 저도 기분이 좋아집니다.



정반대의 슬픈 이야기가 있습니다. 아프리카 어느 마을에서는 가장 튼실하게 자란 나무를 '욕 나무'로 정한다고 합니다. 이 마을의 규율은 '사람 앞에선 절대 욕을 해선 안 되며 정 하고 싶으면 욕 나무에 대고 한다.'이지요. 이 욕 나무 앞은 욕을 토해내는 사람들로 늘 붐비는데 욕 나무의 수명은 아주 짧다고 해요. 1년도 채 되지 않아 비쩍 말라 고사해 버린다고 합니다. 튼실하던 나무도 사람들의 욕을 듣고는 죽어버린다니 말에는 정말 알 수 없는 힘이 담겨 있나 봅니다.

교실이라는 언어의 정원에서 자라는 아이들에게 햇빛이 되고 자양분이 되는 말이 무엇일지 생각해왔습니다. 그리고 이 책에 귀엽게 자라나는 수세미가 될 수도 비쩍 말라가는 욕 나무가 되게 할 수도 있는 말이 가진 힘에 대해 고민한 기록을 담아 보았습니다. 그 내용을 정리해 보자면 다음과 같습니다.

우선 자신과의 대화가 건강했으면 합니다. 하루 중 가장 많은 시간을 함께하고 대화하는 상대는 바로 자신입니다. 무의식 중에도 심지어는 꿈속에서도 나와의 대화는 쉼이 없지요. 하루에 많게는 50,000개의 대화를 자신과 한다고 하니 내가 나에게 들려주는 말이 얼마나 중요한지 저도 글을 쓰면서 알게 되었습니다. 이제는 매일 잠깐이라도 시간을 내어 의식적으로 나에게 사랑의 말을 해주어야겠어요. 겨울이 추우면 만 배 더 자신을 아끼고 사랑해야 한다는 말을 가슴 깊이 새겨봅니다.

세상 누구보다 나를 아껴주어야 할 사람은 바로 나이지요. 타인의 칭찬이나 격려의 말보다도 에너지를 주는 것은 바로 내가 나에게 해주는 말인 듯합니다. 다른 이의 찬사에만 힘을 얻고 비난에 쓰러진다면 너무 안타까운 일일 것입니다. 삶의 여정 중에 어디쯤 와있는지 어떤 상황에 있는지는 자신이 가장 잘 알고 있을 테니까요. 타인의 말보다도 내가 나에게 보내는 절대적인 응원의 말과 격려의 말이 나를 일으켜 세우고 살아갈 힘을 줍니다. 내가 사랑으로 우뚝 섰을 때 아이들에게도 그 에너지를 나누어 줄 수 있을 거라고 믿습니다.

말은 한 사람의 입에서 나오지만 천 사람의 귀로 들어간다고 해요. 내가 한 말이 아이들 귀로 들어가 성장에 영향을 준다고 생각하면 가르친다는 일이 참 조심스럽고도 귀하게 느껴집니다. 마음을 담은 칭찬 한마디는 사람을 귀한 존재로 만들어 주지요. 그리고 긍정적인 기대와 믿음이 상대를 변화시킵니다. 자신에게뿐만 아니라 타인에게도 사랑의 말을 해야 하는 이유입니다.

말속에 생명을 담아 조각상을 아름다운 여인으로 탄생시킨 피그말리온의 신화가 있습니다. 자기충족적 예언의 가능성을 극대화해서 보여주는 이야기이지요. 그동안 마음속으로 아이들의 한계를 규정지은 적은 없었나 반성해 보게 됩니다. 또한 진심으로 전한 한 마디로 삶을 바꾼 사람들의 이야기를 떠올리며 내가 천금 같은 말의 주인공이 되기를 소망해봅니다. 내가 심은 말의 씨앗이 움트고 자라서 아이들 삶에서 아름

답게 꽃피울 수 있다면 얼마나 행복할까요. 진심을 담은 사랑의 말 한마디에는 삶을 새롭게 쓰게 하는 위대한 힘이 담겨 있습니다.

나와 너 우리는 모두 연결되어 에너지를 주고받고 있습니다. 만남과 관계 맺음으로 연결 고리를 만들고 서로 영향을 주고받지요. 서로에게 전하는 긍정의 말은 우리의 감정과 생각을 밝고 건강하게 만들어 줍니다. 그리고 사랑의 말은 희망을 주고 회복하게 해주며 다시 일어서는 힘이 됩니다. 함께 공명하며 따스한 마음을 나누고 삶의 에너지를 얻게 되지요. 앞으로는 나와 아이들, 학부모님들, 동료 선생님들과 사랑의 에너지를 주고받겠다는 선택을 하려고 합니다.

상처와 실패가 있더라도 먼저 에너지를 주고자 하는 용기를 내고 싶습니다. 시대를 못 믿게 될수록 메말랐다는 생각이 들수록 그만큼의 사랑의 마력을 믿어보려고 합니다. 동시대를 함께 살아가는 사람들에 대한 애틋한 마음을 내어 봅니다. 이런 소망과 노력은 단단한 내면으로 나에게 선물처럼 되돌아올 것입니다. 그리고 연결된 우리에게 잔잔한 파장으로 퍼져나가게 되겠지요.

이제는 인공지능이 저와 아이들의 비서가 되어 수업을 도와주고 있습니다. 변화의 속도조차 가늠할 수 없는 시대에 아이들에게 무엇을 해줄 수 있을까를 고민합니다. 무엇을 넣어 주기보다 아이들이 가진 것을 밖으로 끌어내 주는 일이야말로 제가 할 수 있는 일이 아닐까 해요. 아이 안에 잠재된 고유한 능력을 발견해 주는 밝은 눈의 선생님이 되고 싶습니다. 아주 작은 가능성이라도 신비로운 말의 힘을 빌려 아이들이 미래를 볼 수 있게 해주기를 꿈꿔봅니다.

책을 쓰며 그동안 학교에서 만났던 모든 이들을 떠올렸습니다. 이제는 어른이 되어 어디선가 살아가고 있을 아이들, 짧지 않은 시간을 함께 보냈던 선생님들, 기억에 남는 학부모님들. 모두가 서툴고 부족했던 저와 함께해준 고마운 사람들입니다. 지금 만나고 있는 아이들에게 책에서 쓴 대로 말하고 실천하지 못할 때면 다시금 마음을 다잡아 보곤 합니다. 아마 교직에 있는 마지막 날까지도 지향하며 나아가는 불완전한 모습이겠지요. 추구하며 나아가는 동안 말도 저와 함께 성장하기를 기대해 봅니다.

이 책을 읽으며 저와 나누었던 대화가 당신의 삶에 조금이나마 도움이 되었으면 합니다. 보이진 않아도 비슷한 하루를 살아내고 닮은 사계절을 건너고 있는 당신에게 보내는 격려와 응원이 가까이 가서 닿게 되기를 바랍니다.

당신이 있기에 내가 있음을 감사하며

홍영주